蟬《せみ》の交響詩

アンドレアス・セシェ

酒寄 進一 訳

西村書店

蟬の交響詩

装丁：小出真吾

ZEIT DER ZIKADEN
Andreas Séché

First published by ars vivendi verlag GmbH & Co. KG, Cadolzburg (Germany) 2013

Printed and bound in Japan

「きさまの庭を破壊して、きさまを砂漠へ追いやってやる」悪しき魔神が言った。
「草木を枯らしたければどうぞ」アーミナは答えた。「でも庭はわたしの中にあります。庭を思って砂漠で涙を流せば、庭はその大地から蘇るでしょう」

シラケシュの言い伝えより

序曲

∫∫ アダージョ　落ち着いてゆっくり

この世は盤石《ばんじやく》に見えながら、どうもたががはずれているようだ。割れんばかりの音が聞こえても、存外かきまわされているのは勝手知ったものばかりで、なにひとつ動いていなかったりする。夜中に大海原をかきまわす荒れ狂う波濤《はとう》が、意外にも凪《な》いだ海原だったりすることもあるのだ。その一方、海が朝のまどろみの中、のどかで寡黙で、人間には凪いでいるように感じられても、潮の変わり目は刻々と準備されている。なぜならこの世のいかなる力をもってしても、命の満ち干きを止めることはできないからだ。

大海原や鯨や月のごとき巨大なものならではの悠然とした存在。紺碧の海面もまた、ほとんど感じ取ることのかなわぬ揺れの中で泰然としている。世界一大きなその海原はこの日、名が体を表すべきだと思ったようだ。フェルディナンド・マゼランが名付けたその名は〝太平洋《パシフィック》〟。

浜辺の白砂に数本のココヤシが頭を垂れている。この数年で地獄と化したこの忌まわしき島国が、あたかも楽園ででもあるかのように。カモメは海の上を舞い、潮風に向かって思い思いに鳴いている。口うるさく鳴こうと仕置きを受けない数少ない生き物のひとつだ。それ以外、一日のはじまりは静かだった。それでも朝の息遣いは、内陸へ向かってそよぐそよ風となって流れた。

なにかがシラケシュの浜辺に流れ着こうとしている。まっすぐ流れてくるわけではない。寄せては返し、海原のワルツに弄《もてあそ》ばれている。ひそやかなさざ波の音楽に乗って、まずは危険はないか、岸に打ち上げられても平気かどうか探るようにおずおずと近づく。波にもまれて、ときどき首をもたげる。いまにも溺れようとしている遭難者のようだ。ようやく安全な岸に打ち上げられた。潮がするりと引いていく。あたかも服を脱ぐかのように。一瞬、むきだしのまま砂に埋もれる、だがそのときもう一度、波が寄せてきて、さらに波打ち際へと運んだ。これでもう大丈夫。一瞬、貝とこすれる。砂地からヴァイオリンの弦の潮を含んだ音色がほんのかすかに聞こえた。

第1楽章

ラルゴ　ゆったりと遅く

羊の群の向こうに広がる地平線。そこを見ながらナツメヤシをくわえようとしたとき、イブラヒム翁《おう》は砂漠の方から這ってくる男を見つけた。マスクラン村はなんの変哲もないのどかな集落だ。すばやく動くものがあると、若い者はいたく感動し、老いた者はなにをそんなにひけらかすと馬鹿にする。だからイブラヒムは石に腰かけたまま、遠くから近づいてくる人を眺めていた。

マスクラン村はシラケシュ国の南部に位置する。南の熱暑にここよりも耐えられるところがあるとすれば、それは砂漠だけだ。イブラヒムが腰を上げ、目をすがめたのはおそらくそれが理由だ。男が這ってでてきた影なき砂の世界。そこの砂はかまどの鉄板のように熱い。彼の知るかぎり、あえてその熱砂の中に足を踏み入れる者などいない。砂漠で唯一動くものといえば、砂丘くらいのものだ。何年もかけてマスクラン村の家の軒下まで押し寄せてくる。砂までが熱さに耐えかねて、逃げてきたかのように。

第１楽章

人影をじっと見すえたまま、イブラヒムは年老いたロバの手綱をつかみ、そのよそ者のところへ歩いていった。砂漠から来た男は精も根も尽き果てて、砂に運ばれているかのようだ。砂のひと粒ひと粒が一丸となれば、どんな大きなものでも動かせると証明しようとしているかのように。イブラヒムは男に近づいて顔を覗いてみる。ぼさぼさの髪と無精髭に隠れて定かではないが、せいぜい四十歳くらいのようだ。肌は日に焼け、ぼろぼろの服は灰色だ。むきだしの足は真っ赤に焼けている。男は両手を靴につっ込んでいる。イブラヒムとロバに気づいて、ひび割れた唇を動かし、声にならない言葉を二言三言、口にした。それから助かったと思ったのか、とうとう力尽きて、どさりとくずおれた。

「しっかりしろ」イブラヒムは男のそばに苦労して膝をつき、頭の下に手を入れた。「もうひとがんばりしてロバの背に乗れ。そうしたら休んでいい」

男は虚ろな目でイブラヒムを見てうなずいた。もう一度渾身の力で体を起こし、老いた羊飼いの腕に支えられてロバの背に乗ると、すぐ前かがみに倒れ込んだ。イブラヒムは男の手から靴を抜き、落ちないように手綱で体をしばった。それから手綱をつかんで、男を乗せたロバを引いた。

少しずつマスクラン村が見えてきた。イブラヒムは足裏の熱さがしだいに弱まるのを感じたが、男の身がだんだん心配になった。よそ者は目を閉じて、生きるのをあきらめたかのようにロバの背に揺られていた。

マスクラン村につくと、イブラヒムは数人の少年に羊の群れを見張るように頼んだ。曲がりくねった路地に入ると、そこで肩寄せ合って暮らす人々の関心を呼び覚まし、老いた羊飼いとロバの背に乗せられた半死半生のよそ者の後ろには、好奇心をそそられた人や安否を気遣う人の行列ができた。最近までこの通りでは、家族の死体を置きざりにするありさまで、疲労困憊したよそ者に関心を寄せることなどまずなかった。だからこれはちょっとした奇跡といえる。

さかんに交わされる話し声を供にして、イブラヒムは自分の小屋に到着した。イブラヒムは男衆に手伝わせてよそ者をロバから下ろし、居間に並べたクッションに横たえた。

「みな、帰ってくれ」イブラヒムは外に向かって叫んだ。入口に集まっていた物見高い連中が、めえめえ鳴く羊の群れのようにゆっくりちりぢりになると、濡らしたタオルと水の瓶《びん》を台所から取ってきて、ひんやりしたタオルをよそ者の額に当てた。男を担ぎ込んだ男衆はクッションをしきつめた寝床を囲んで、その見知らぬ男を見下ろした。

「ダルヴィーシュ（イスラームの神秘主義スーフィーの修行者）のところへ連れていくべきだな」医術よりも信仰を重

んじる隣人がささやいた。

「まずは水をやって、具合はどうか本人に聞いてみよう」イブラヒムは信仰や医術よりも心に届く言葉の方が人を癒やすと思っていた。「自分のことは本人が一番よくわかっているもんだ。他人の世話になることはない」

村の衆は黙ってうなずいて、砂漠から来た男を見た。イブラヒムは瓶の栓を抜いて男の口につけた。

「少し飲むといい」と静かに言った。「我が家へようこそ」

その瞬間、よそ者はこわばっていた指を広げ、ひび割れた唇でゆっくりと瓶の口をくわえた。何度かむさぼるように水を飲んでから、よそ者は目を開けた。そしてこの状況で水よりもだいじなものがあるとでもいうように片手を上げて、瓶を口から離した。

「彼女はどこだ?」うわごとのように言うと、よそ者はまた目をつむって顔を横に向けた。

村の男衆はわけがわからず顔を見合わせた。だれひとり、その言葉の意味が理解できなかったのだ。開け放った窓からざわざわと風に揺れる梢の音が聞こえた。どこかでコオロギが鳴いている。

「なんてことだ」イブラヒムはがくぜんとした。「女の連れがいたのか」

第２楽章

∫∖ カランド　しだいに弱く

寡黙なよそ者は居間で、寝息をたてながら三日間眠りつづけた。イブラヒムは彼を世間の目から遠ざけ、飲食の世話を焼き、男の生気を少しずつ蘇らせた。イブラヒムはなにも訊《たず》ねなかった。どこから来たかも、どこへ行こうとしているかも、そして何者かも。日が落ちて、イブラヒムが羊の群れの元を去って帰宅すると、客はたいていうなされていた。

死んだような深い眠りと熱にうなされたような浅い眠りの繰り返し。四日目の朝が、まざりあうことのない精油の一滴のようによそ者の心を落ち着かせた。夜明け前にはまだ苦しそうに顔をひきつらせて寝返りを打っていた。日が昇る頃、イブラヒムが男の様子をそっと見たときも、悪夢がずっしり重い掛布のように覆いかぶさり、こわばった体はクッションに深く沈んでいた。

その日最初の鳥のさえずりを聞くと、イブラヒムは台所の扉を開けたまま、カルダモン入りのコーヒーをいれた。その匂いをかげば、よそ者も安らぎを得るだろうとでもいうように。それから居間にしゃがんで待った。

やがて曙光《しょこう》が射し込み、部屋は近くの砂漠とおなじ黄色に染まった。よそ者はうなされつづけた夜と折り合いをつけ、面差しを和ませている。ひきつった表情は影をひそめていた。男は己と戦い、それなりの決着をみたのだ。目覚めたばかりのマスクラン村の物音がそよ風に乗って窓から入ってきた。そのとき暁鶏《ぎょうけい》が心に届いたのか、よそ者は目を開けてイブラヒムを見た。

「オンドリ」と男はいった。二粒の涙が思い出の小道を辿るようにきらりと頬を伝った。それでも笑みを浮かべている。

「おはよう」とイブラヒム。「コーヒーはどうだね？」

砂漠から来た男はうなずいた。イブラヒムは羊乳のチーズを載せたパンとコーヒーを台所から運んできた。男は難儀そうに体を起こすと、皿に手を伸ばし、熱いカップをつかんだ。

「オンドリがどうかしたかね？」とイブラヒム。村の衆が三日にわたって捜索活動をした結果をいわずにすんだことに安堵しながら。

よそ者はまた笑みをこぼし、しばらく黙って、どこを見るともなく物思いに耽った。

「長い話だ」

そう答えて、よそ者はパンをかじった。

「翼も爪も嘴《くちばし》も持たないが、わたしたちの国を救ったオンドリを知っている」

「本当に長い話のようだな」

イブラヒムはほっとしてよそ者に言った。

「コーヒー、もう一杯飲むかね？」

第3楽章

フォルテピアノ　強く、ただちに弱く

少年は森を駆けた。悪魔に追われているかのように。どうせ追われるなら悪魔の方がいい。なにかというと杖を振りあげる父親に比べたら、悪魔の方がはるかにましだからだ。しかしこの日も運命は願いを叶えてくれなかった。

父親は今回、数日かけてじっくり力をためた。だからセリムはいつもよりも森の奥深くへ入っていかざるをえなかった。もう三十分ほど木立のあいだを走っている。わざと斜面を選んだ。そうすれば若くて体力のある自分の方が有利だからだ。追ってくる父親がようやく遅れだした。呪いの言葉がしだいに遠くから聞こえるようになり、セリムに希望が芽生えた。もうしばらく走ってから、肩で息をしながら倒木に腰かけた。

喜ぶいわれはないのに、セリムはかすかに笑いだした。父親の暴君ぶりを目の当たりにしたあとでは、どんな自由でも大事に思える。幾度か荒い息をつくと、脈が落ち着いた。目を閉じて、今回はうまくやれたと胸を撫でおろした。そのうち森の匂いとざわめきが体に染み

込み、魂を包んだ。

人の営みが作りだす喧噪《けんそう》が届かないこの山の中では、森の交響楽が細やかに聞こえてくる。そよ風が木立を抜けてささやく。空に向かって伸びる無数の枝がかさかさと音をたてる。目を覚ました猫が伸びをするときのように、空気の中に生気がみなぎる。すぐそばの柔らかい苔のクッションに松ぼっくりがぽとりと落ちる。セリムの足下の地面は一見、なにも動いていないように見えるが、虫たちのかさかさこそこそいう音が草の下や地中からきこえていた。そこには密かにうがたれた巨大な迷宮があり、本来目に見えるはずの無数の虫の営みを覆い隠していた。そこから遠く離れた頭上の枝では、一匹のリスがなにかかじっている。

去年の冬、セリムは耳をすましさえすれば、身のまわりの世界のすみずみまで探れるということにはじめて気づいた。あらゆる命の機微に触れ、命の交響楽が深遠なる神秘を開示した。溶けかけた雪の上を歩くと、落ち葉を踏みしだくのとはちがう音がする。凍てつく大地に折り重なった雪の結晶は、日を浴びて溶けかけた雪よりも澄んだ音がする。

父の声も、冬場にはかすれた音に変わる。おそらく寒さで声帯の張りがなくなり、振動が変化するからだろう。戸をノックしたときの音も、冬場にはちがって聞こえる。はじめてそのことに気づいたとき、セリムは家をまちがえたかと思った。

どうやら音の調べには二種類あるらしい。だれにでも聞こえるものと、長調とも短調ともいえず、したがって温かい感じも、冷たい感じもしないもの。それでいて、後者の調べは音に質感をもたらし、生気を与え、息づかせる。ところが多くの音色の中にあるこの第二の調べは、だれにでも聞こえるものではないし、いつでも存在しているわけではなかった。だからセリムがそのことを話すと、父親はその反証として頬を張り、あの密やかで繊細な音とはまったく無縁なお粗末このうえない音を響かせた。セリムは二重に失望したが、そのことでかえって意地でも第二の音の調べに耳を傾ける気になった。

その甲斐あって、セリムは森にすわると、けたたましいヒバリのさえずりを耳にした。語る暇も惜しいとでもいうように気ぜわしく、あわただしく、目まぐるしい。嘴から絞りだすように、あるいは木の上から吐き捨てるようにさまざまな音を奏でている。そんなに必死にさえずっているのに、なぜか自分の居場所を変えようとしない。すると唐突にさえずる声が途絶え、短い間を置いてまた聞こえた。今度は心なしかゆっくりになったが、強さは増していた。そこには嫌な音色も驚きあわてる響きもなかった。調べはおなじなのに、今度はこの世に生を受けた喜びに舞いあがっているかのように聞こえる。セリムは理由《わけ》をたしかめることにした。ここにあの密やかな調べを知っている存在がいる。おなじ調べでふたつのまったく異なる物語が語れる存在。

セリムは腰を上げ、自分の仲間とおぼしき存在の方へおそるおそる進んだ。一歩一歩ゆっくり森の地面を踏む。その不思議なヒバリを脅かさないために。だから鳥のさえずりがセリムの耳元で聞こえるようになるまでしばらくかかった。今度のそのさえずりに、別な音色が加わった。音から音へなめらかに移行する。父親の冬場の声帯とは無縁な音。眉間にしわを寄せてこの底に流れる音色に意識を集中させたとき、セリムはうっかり枝を踏んでしまった。ばきっと音がするなり、さえずりが消えた。双方から発する深い静寂が森を覆った。セリムはあわてて息を止めた。相手は小鳥のはずなのに、セリムは全身が脈打つのを感じた。大げさかもしれないが、ヒバリは少年の心に途方もない使命を託そうとしているように思えてならなかった。

「だれだね？」ヒバリが訊ねた。

第4楽章

モデラート　中くらいの速さで

「セリム」よそ者はそう名乗って、コーヒーを飲み干し、カップをゆっくり机に置いた。「わたしはセリム」

イブラヒムは話の虜になり、しばらくぼんやりセリムを見つめてから、いれたてのコーヒーを注ぎ足した。「わたしはイブラヒム。おまえさんを助けることができてよかった」

「こちらこそ感謝しなくては」セリムは手を横に振った。「泊めてもらったことだけでなく」

「夜中にうなされていたな」

「それ以前の体験と比べたら、アラーの歓喜の庭を散策するようなものです」とセリムは陽気に言った。ようやくこの土地らしい物言いをするだけの気力を取りもどしたようだ。こうした粋な言いまわしが、この土地ではもてなされる側ともてなす側に不思議な調和をもたらす。しかし彼の言葉は、甘やかな言葉の綾だけでなく、苦い真実も含んでいた。

「わたしは相当うなされていたでしょう」とセリム。「それでもわたしにとっては、ひさしぶりの安眠でした」

「砂漠はきびしかっただろう」

「あそこにあるのは」セリムは窓の外を指差した。「砂漠だけじゃありません」

イブラヒムはうなずいた。

「命がけで熱砂の中を這ってきたくらいだから、向こうにはさぞかし恐ろしいものがあるんだろうな」

セリムの両手がふるえた。彼の気持ちは内面に向いた。そこには簡単には消し去れないさまざまな光景が張りついている。だが彼は目をひらき、笑みを浮かべて、イブラヒムの小屋に気持ちを戻した。

「砂漠には多くの血を流しながら、生気の欠片もない場所がたしかにありました」

「恐ろしそうだが、気になる場所でもあるな、それは」イブラヒムはささやいた。「この数年シラケシュで起きたことをすべてひとところに集めたような場所ということかい。だが、いまはもうないということかね？」

「ええ、その時代は終わりました」そう答えると、セリムはパンをかんだ。「オンドリのおかげです」

「どうやら数奇な人生を歩んできたようだな」イブラヒムは笑みを浮かべた。「これで少なくともふたつは話してもらうことができた。だがそろそろ羊の世話をしなければ。戻ったら、謎の多いセリムよ、わたしの熱い好奇心の炎を大きな水瓶で消してもらおう」

「歯に衣を着せたような物言いを許してください」セリムは微笑んだ。「そんなつもりではないんです。どこの馬の骨ともわからない者を自宅に泊めて、謎めいた話で不安を抱かされるなんて不本意でしょう」

「おまえさんの話で不安になったりするものか」イブラヒムはまた笑みを浮かべた。「おまえさんはわたしの興味をそそる。そっちの方が困りものだ」

「わかりました」セリムも声にだして笑った。「あなたの羊が草をはみ、水を飲んだら、あなたの喉もうるおされるでしょう」

第5楽章 ∫∖ アダージョ　落ち着いてゆっくり

月が羊の背を銀色に染めている。羊たちはゆっくりと牧草地を移動していく。まるで地に落ちてきた雲のようだ。そよ風が砂漠からマスクラン村に吹いてくる。半死半生の男を探し求めるかのように。だがその風自体が、セリムの這った跡をすでに吹き飛ばしていた。そしてこの数日、よそ者の連れを探しまわった村の衆の足跡も。

イブラヒムは物憂げに星空を見上げた。星は古来より、位置を変えることなくまたたいているように見える。だが、絶えず勢力図を変える人間たちとおなじで、夜空もまた刻々と姿を変えている。イブラヒムにはこの数年ひんぱんに考えていることがある。宇宙を超高速で移動し、けっしてとどまることのないものが、唯一確かな係留地、最後に残されたゆるぎなく、頼れる偉大な存在でありうるということ。羊たちがのどかに草をはみ、安らぎを与えてくれるベドウィンの天幕のように、空がマスクラン村と牧草地を覆う夜、イブラヒムは深い安堵を覚える。盤石な存在が人知れず動いていることに気づいて、そのたびに彼は笑みを浮かべる。

　妻の命を奪った銃弾は、空の下でイブラヒムが浮かべた笑みを長いあいだ奪ってきたが、彼はふたたび牧草地に出るようになった。この数日、彼が正しかったことを星が認めた。頭上でまたたく光の点を見ていると、頬がゆるむのを感じる。あの銃撃のあと、はじめて満天の星を見て、笑みがこぼれた。心は自由だという感覚が海のごとくうねり、逆巻き、泡立つのを身をもって実感した。

「そうだな」イブラヒムがそうささやくと、羊が数頭、頭を上げ、老いた羊飼いが星と話しているのだとわかるとまた草をはんだ。「結局、いつでも光はあるんだ。闇の中でも」

　イブラヒムは昼になると、市場でおいしいものを買って、客人に届けるよう村の少年に頼んだ。少年はセリムの感謝の言葉を伝えに戻ってきた。よそ者は、開放的なマスクラン村の快適さが薬代わりになって、すこぶる元気になったと言ったという。それから浴室にある軟膏を両手にすりこんでもかまわないかと訊ねたらしい。その軟膏は羊が分泌する脂から作り、村の市で売っているものだ。セリムが手の手入れに余念がないことに気づいていたイブラヒムは、いくらでも使ってかまわない、セリムの両手がなめらかになるなら、イブラヒムと羊にとってこれほど喜ばしいことはないと少年に言づけた。若い子らはシラケシュの伝統である客人を歓待する風習を小馬鹿にしている。少年もにやにやしながら駆け去った。

「世も末だな」イブラヒムは星に語りかけた。星には返事ができないので、彼が代わりにうなずいた。それから羊たちの方へ行って、群れを集めた。小屋で物語が待っている。

第6楽章

アダージョ　落ち着いてゆっくり

森の中で人に出会うのははじめてだった。山の中には集落などない。果てしない砂漠で喉の渇いた者と水売りが偶然出くわすのとおなじくらい、人に会うことはまれだと思っていた。ヒバリに伴われた人となればなおさらだ。

少年はどきどきしながら茂みに囲まれた森の空き地に出た。スプルースが何本もその空き地のまわりに生えている。まるで木造の柱のようだ。空き地の真ん中に木の椅子を置いて男がすわっていた。賢者の風がある。髭をたくわえ、髪は白く、とにかく齢を重ねていた。衣服はぼろぼろでいまにも脱げてしまいそうだ。自分の顔を鏡で見てもなにも感じないのか、髪はぼさぼさのままだ。そして体はセリムよりも小柄なようだ。

だがその老人は、哲学者ではなく、楽士らしい。左手にヴァイオリンを持っている。右手を膝に乗せ、その手に持つ弓を左右に揺らしている。弦を奏でるために作られたただの道具。しかし父親の杖に追われて森に逃げてきたセリムにとっては、その細長い弓ですら権力の道具に思えた。それでもこわくはない。驚いてたたずみ、ヴァイオリンを見つめている自分がふしぎだった。おそらくその老人が賢人らしいオーラに包まれていて、老人が手に持つ弓が父の杖よりもはるかに雄弁だったからだ。あるいはヴァイオリンの優雅な形から発せられる魔法が調和を感じさせ、美意識を呼び覚まさせたからかもしれない。その不思議な楽器とセリムの繊細な耳が、音楽の情熱と感動的な物語のうねりによってひとつに結ばれるのを感じた。それは文字でつづられた物語ではない。楽の音で人の心に届かせる類のもの。触れなくても、人の心を打ちふるわす熱き想いだ。

森を抜けて彼の耳に届き、ここへと導いたあの音は、木でこしらえた楽器が奏でたものだった。これまで耳にしたことがなかったあの不思議な音を生みだす楽器。しかもその楽器を手にした楽士は、ただの楽譜よりもはるかに深く聞く者の心を捉える力を秘めている。反感しか覚えない薄っぺらなメッセージしか伝えられない父親の杖とは雲泥の差だ。ヴァイオリンの弓は押しつけがましくないからこそ、耳を傾けようという気にさせてくれる。この楽器は聞き手にメッセージを叩き込むのではなく、心をふるわせて信じる気持ちを高めてくれる。

「こっちへ来たまえ」老人は弓でセリムを招いた。「わたしにはもうたいして歯がないから、とって食いはしない。わたしの名はアリフだ」

こういう楽器を持つ人がひどいことをするはずがないと確信して、セリムはそばへ寄っていった。ヴァイオリンとそれを手にする不思議な持ち主を交互に見つめた。アリフはヴァイオリンの教師として、おどおどしている子どもの心理を熟知しているのか、少年の決心を促すように楽器を高く掲げた。

「ヴァイオリンだ。見たことがあるかね?」

「ええ、まあ」セリムは静かに言った。

少年の目はその高価な楽器に釘付けだ。せっかくの好奇心が尻込みする気持ちに負けないように、アリフはヴァイオリンと弓を少年に渡した。少年の手が、まるで傷ついた小鳥でも触るようにヴァイオリンと弓をやさしくつかんだ。アリフはそれを見て、自分の判断にまちがいはなかったと確信した。

セリムはその楽器を指に感じ、細部を丹念に見ようと、ためつすがめつして見た。楽器も弓もみごとな作りだった。肌触りがよく、生きているかのように滑らかだ。

「四種類の木を使っている」セリムの考えがわかったのか、アリフは言った。「ネックはコクタン、裏板はメイプル、表板はスプルース。そして弓はフェルナンブコ。丁寧に扱っておくれ。高価なものだからね」

少年はうなずいて、人差し指でそっと裏板を叩き、内部から響いてくる反響に耳をすました。ヴァイオリンの内部は空洞のようだ。そこに途方もない数の見えない音符が住まい、そこから呼びだされ、メロディで宙を埋めるときを待っているということか。

「さっきみたいな音をだすには、どうしたらいいんですか？」セリムが困惑して訊ねた。

アリフは微笑んで弓を指差した。

「秘訣は音をだすことにはない。ヴァイオリンの内部に音を響かせるんだ。音は弓と弦で作る。ヴァイオリン本体はその音を捉え、わたしたちにも聞こえるように増幅するためにある」老人はそこで少し言葉を切ってからまたつづけた。「それがヴァイオリンの教えだ。ただ汲みだすばかりでは、いつか枯渇する。中に注ぎ込まれるものが汲めども尽きぬ泉を生みだす」

やはりこの老人は哲学者らしい。少なくともそういう話題が好きなようだ、とセリムは思った。

「ヒバリがさえずっていると思ったんですけど、あれはヴァイオリンだったんですね？」楽器から目をそらすことなくたずねた。

「ああ、そうだとも」アリフは愉快そうに答えた。「グリゴラシュ・ディニクが作曲したヴァイオリン曲だ。ディニクはルーマニアの作曲家だよ。〈ヒバリ〉はヴァイオリンで鳥の歌声を真似るという、とんでもなく刺激的な曲だ。ここにすわって、樹木に弾いて聞かせるなら、樹木が慣れ親しんでいるものがいいだろうと思ったんだ」

アリフは少年に目配せをした。

「ここに生えているスプルースを見たまえ。のちにどんな生涯が待っているか教えていたんだ。というのも」

アリフはセリムの方に身をかがめ、声をひそめた。

「ここはヴァイオリンの森だからだ」

第7楽章

∫∫ メスト　悲しげに

「アリフは楽士で哲学者というだけではありませんでした」とセリム。話にいったん間を置くと、なつかしそうな顔をした。「ヴァイオリンの製作者でもありました」

マスクラン村の夜が更けた。イブラヒムは砂漠から来た男と面と向かい合ってすわり、男の話に耳を傾け、満ち足りた気分を味わっていた。日中ほとんどの時間を羊の群れと過ごし、メッセージといえば言葉にならない鳴き声しか聞くことがないからだ。だが満ち足りている理由はそれだけではなかった。話を聞くうちに、よそ者に親しみを覚えたからでもある。

半死半生で熱砂を這ってきたこの男は、捜索に出た男衆が砂漠からもたらした悲しい知らせを聞くだけの気力を取りもどしただろうか。たしかに元気になり、心の整理もついているように見える。しかし連れのことを話題にしないのは、まだ新たな耐えがたい知らせから身を守ろうとしている紛れもない証だ、とイブラヒムは受けとった。ふと自分の妻のことを思う。一発の銃弾で彼の人生から消えた妻。妻のことを何週間も話題にできなかったため、彼女は彼の言葉からも消えた。そしてもっと長いあいだ口にできなかったのは、湧きあがる数々の疑問だ。答えを知ることが恐くて、心が麻痺していた。疑問を呈するなら、だれにも聞かれないところがいい。たとえば寡黙な羊の群れの中、というのは、シラケシュじゅうの人々が知るところだ。

「アリフはヴァイオリンの森で、そこに生えている樹木自身がいつか楽器になることを知らせるために演奏していたんです」セリムの言葉で、イブラヒムは我に返った。「アリフはそのことを何年も前からつづけていました。ヴァイオリンには、山の上の養分の少ない大地で育つスプルースが使われます。ゆっくり育ち、年輪が細かく、均一であることが大事なんです。そして長い時間をかけて、アリフの演奏を聞き、自分たちの役目を自覚する必要がある」セリムは笑みをこぼした。「それは内面の音楽というアリフの考え方からきているんです」

「よくわかる」とイブラヒム。「物にだって、われわれとおなじように熱い想いがあるんだ。ただの物質ではない」

気持ちが通じたと感じたのか、セリムの目がきらりと光った。

「熱い想いさえあれば」そう言って、セリムは微笑を浮かべた。「ヴァイオリンにはいろいろな可能性がひらけます」

「当然だ。それさえあれば、楽器は音をだす」

セリムは首を横に振った。

「けれども、それだけでは、まだ足りません。熱い想いだけでは、まだヴァイオリンを鳴らすことができないんです」

「というと?」

セリムは窓の外を見て、ふと思い出に浸った。その日最後の蟬が、のどかな夜を約束するように闇の中で鳴いていた。

「音を鳴らすだけでは、その音を理解してもらったことにはなりません。大事なのはヴァイオリンに声を与えることなんです」

イブラヒムは満足そうな声を漏らした。それから腰を上げ、セリムと並んで窓辺に立った。ふたりはいっしょに夜の闇を見つめた。人気のない通り、静まりかえった前庭。イブラヒムは深呼吸して、平和を意味するその静けさを味わった。

「眠るとするか」

第8楽章

ピアノ　弱く

「ただ弾くだけではいけない」アリフは言った。「声を与えるんだ。それが一番肝心なことだ」

セリムは朝早く寝床を出た。父親がまだ寝床にいて、お仕置きという教育法に疲れて休んでいるあいだに家を抜けだした。力による支配は、支配する側にも大変な負担がかかり、早晩崩壊するものだとセリムは気づき、今後は絶えず反抗することで父親の気力を削いでしまおうと決心した。

はじめのうちは、なんの書き置きもせず、家を抜けだした。眠りから覚めたかのように靄が森の地面から立ちのぼり、朝露に濡れた木々からかぐわしい匂いが漂ってきた。斜めから射す太陽の光がスプルースのあいだを抜けて空き地を照らし、朝の空気を切り裂いた。

「だれかに声をださせようとしたら、話す気にさせないといけない。そのためにはときおりきっかけが必要になる。それがこれだ」

アリフはにぎり拳を少年の目の前につきだした。セリムの驚く顔を見て、これでは唐突すぎると気づいたのか、急いでにぎり拳を引いた。

「すまない」小声で言うと、アリフは俯いた。「言い方が悪かった。やりなおさせてくれ。おまえに見せるために持ってきたものがある。この手ににぎっているものがそれだ。ちょっとした驚きの品だ。わかるかね？　おまえを当惑させるつもりはなかった」

「なんで？」セリムはたずねた。顔がぱっと明るくなった。

「見たらがっかりするかもしれないが、見た目よりもはるかに大事なものなんだ」

「見せて」

「見るにたえるかどうかわからない」

「見たらがっかりするんでしょう？」

「そのとおり」

「手を広げて」

「小さいものだ。十センチもない。しかしながら、その役割がわかればわかるほど意味を持つことになる」

「見せて」

「見せるさ。小さな奇跡だ」

「なぜ？」

「おそらくこの世で唯一目で見ることができる音だからだ」

「手の中に音があるの？」

「声だ。ヴァイオリンの声」

アリフは拳をゆっくりひらいた。さもないと手の中にあるものに逃げられるとでもいうように。そこにあったのはスプルース材でできた小さな丸い棒だった。それでも、セリムはがっかりしていないようだった。

「これが声？」セリムは好奇心を覚えてたずねた。

物が小さいからといって、馬鹿にする子ではない。いい教え子になりそうだ。アリフは満足してうなずいた。

「これは小さいが、ヴァイオリンの重要な部品だ。『魂柱《こんちゅう》』あるいは『声』と呼んでいる」

アリフは間を置いた。

「楽器の魂だ」アリフはセリムに顔を近づけて、声をひそめた。「だがわたしは別の呼び方をしている」

「なんて呼んでいるの？」

「内なる弦」

「内なる弦？」

「ヴァイオリンの内部に据えられて、振動するからな。秘密を明かそうか？」

アリフが愛想よく微笑むと、少年は黙ってうなずいた。

「わたしは、人間もこういうものを身の内に持っていると思っている」

セリムは憑かれたようにその小さな棒を見つめた。

「これがヴァイオリンの中に入っているの？」

「表板と裏板のあいだにはさまって、振動を表板から裏板へ伝える。それから弦の張力で表板にかかる圧力を受ける役割も果たす。この魂柱は直径が五・五ミリで、表板と裏板にちょうどはさまる長さでなければならない。ちなみに接着して固定することはない。見てのとおり、魂柱はとても小さくて、繊細なものだ。それでもヴァイオリンに力を与える」アリフは魂柱を切り株に落とした。「聞こえたかね？　とても高い音をだす。かなり弾力がある証拠だ」

「それはいいことなの？」

「ああ、いいことだ。この魂柱が振動をうまく伝達することを意味する。的確な場所、たいていは右の駒足から二、三ミリのところにつけるのがよいとされている。適切な位置を見つけること自体が偉大な芸当なんだ。わかるかな？　ときには探すのに何日もかかることがある。魂柱をつける場所をまちがえれば、ヴァイオリンは本領を発揮できない」

アリフはふたたび魂柱を手にとった。

「これはヴァイオリン製作者と作曲家と演奏者が楽器という大きなパズルを解くための小さなピースなんだ。ヴァイオリンを目覚めさせ、感情に強く訴える力を与えるために、大変な数の人が何百年にもわたって汗水たらし、知恵を絞っている」

セリムは圧倒されてアリフを見つめた。

アリフは一瞬、言葉を探してから目配せをした。

「つまりみんな、ヴァイオリンを説得がうまい芸術家に仕立てようとしている」

セリムは納得してうなずいた。

「昔のヴァイオリン製作者は、つねに材料の木をなめたものだ。なぜだと思う？」

「教えて。よくわかるように」

間奏

レチタンド　朗唱するように

多くの場合とおなじで、はじまりは棒だった。一万五千年前、だれかがなんの気なしに棒を曲げ、糸を張った。それをはじいたとき、弦楽器の歴史がはじまった。もしかしたらその発明品の音を反響させるために口に当てたかもしれない。

こうして生まれた太古の音楽はまもなく小屋や洞穴の外へと響き、はるか前に発明された笛や太鼓の声とまざりあった。石器時代に交響楽があったとは思えないが、当時の歴史的な成果は、まだ充分に評価されていないといえるだろう。それは探究のはじまりだった。そのために数千年の時が費やされた。

完璧なサウンドが妄想で、けっして見つけだせないことくらい、もちろんだれでも知っていることだ。しかし見つけられないからこそ人は探したくなり、探すことをやめられない。つねに望みが叶わず、失望しか見いだせないというのは、人間の性《さが》ではないだろうか。いくら探究しても究極の認識に至らないからこそ、いつまでも努力をつづけ、望みをつないでいるのだ。

新しいミッションは最初からゆっくりとはじまった。しばらくはただそっと弦をつま弾く。それから反響する道具としてヤシ殻や亀の甲羅が使われる。そのうちどこかのだれかが、弦を二本に増やせば、もう少し面白いことができそうだと思いつく。

そして、だれかがなにかで弦をこすってみる。はじめは弓のように大きく反っていた。この発想はオリエント全域に広まった。アラビアの器用な者たちが創意工夫を重ねて次々と新しい弦楽器を発明した。もっとも人気があったラバーブは、十字軍騎士や、スペインを征服したイスラームの人々によってヨーロッパに伝播し、レベックとなって大流行する。そして十六世紀半ば、オリエントから伝わったこの奇跡の楽器は西洋の親戚と合体し、音楽史最大の発明のひとつへと至る。ヴァイオリンの誕生だ。

バロック、古典主義、ロマン主義を通じて、ヴァイオリンは不動の地位を得た。

だがその前から、弦に最適な材料を見つけるため膨大な数の実験がはじまっていた。絹糸、金属、麻糸、馬の毛。最高の音を求めて、つる植物や根の繊維まで試された。動物の腸を赤ワインに漬けて加工するという味覚重視の発想をする者もいた。もちろんそれは早々に断念されたが、腸の中間層は弦として有望であることがわかり、羊の腸、もっと正確に言えば、山岳や草原に棲息する生後七ヶ月の野生の羊の腸が強度としなやかさを合わせ持つ最適な弦になると判明するまで、ありとあらゆる動物の腸が実験に供されるなど、少々度を超したこだわりを見せるようになる。

最高の木材探しもおこなわれた。アルプス山脈、ピレネー山脈、カルパティア山脈からさまざまな木材が取り寄せられた。クレモナ、ミッテンヴァルト、フュッセン、アムステルダム、ウィーン、プラハで、ヴァイオリン製作者は自分の楽器で歴史に名を残そうと躍起になった。

アマティ一族、アントニオ・ストラディヴァリ、ジュゼッペ・グァルネリ、ヤーコプ・シュタイナーは森の木を削り、夢のような音を響かせはするが、罪深いほど高価なヴァイオリンを作りだした。ストラディヴァリだけでも千点を超えるヴァイオリンを製作した。しかし一八六九年、彼の墓があった教会が解体されたとき、彼の遺骨を救おうと考える者はひとりもいなかった。世界はかくも恩知らずであり、すばらしいものを生みだした発明家を正当に認めないものなのだ。

伐採した木を少しでも早く乾燥させるべく、やがて化学薬品が使われるようになったため、よりよいものを求めるヴァイオリン製作者は材料をなめて、怪しい酸味がないか調べざるをえなくなった。

ところで十七世紀末、器楽演奏が流行り、ヴァイオリンはソロで演奏されるようになる。製作者はヴァイオリンに力強さを与えるようになり、音色から甘さが失われた。ヴァイオリンを管弦楽団から引き離し、ヴァイオリンだけで卓越した物語を紡いだアントニオ・ヴィヴァルディといった作曲家やヴァイオリン奏者が活躍した時代だ。

ヴァイオリンはこうして少しだけアラビア時代に先祖返りした。というのも、自分の声を獲得し、語り部になったからだ。イスラームの歌に響きが似ていたことで人気のあったオリエントの先祖とおなじように。

第9楽章　アニマート　生き生きと

「ヴァイオリンは自分の工房で自分の手だけで作れるものではないとアリフは思っていました」とセリムは言った。「だからアリフにとってヴァイオリンは奇跡の楽器だったんです。ヴァイオリンを作るとき、それは数百年かかる製作のプロセスの最終段階でしかありませんでした。それは楽器を神秘的なものへと変身させるプロセスでもあったんです」

イブラヒムはうなずいた。

「東洋と西洋が交わって生まれた子、つまり東洋と西洋の船乗りたちがシラケシュの礎となったのとおなじです。植物の種と宗教の芽はふたつの世界から船で運ばれてきました。共にこの肥沃な土地に根を下ろしました。シラケシュはアラブの国ですが、いまもなおヨーロッパの影響が見られます。ヴァイオリンがふたつの文化圏に起源を持つというのは、アリフの教えの大事な点でした」

「その御仁の教えを受けたんだな」

「はじめのうちは定期的に森で会うだけでした。アリフはシルシャナの町に居を構えていましたが、週に一度、森の空き地に足を運びました。わたしたちは木の下でヴァイオリンをいじりまわしました。演奏の仕方も教えてもらいました。そのたびに感心したものです。楽器作りには職人芸と芸術の粋が集められています。わたしはまだ無邪気な少年でしたから、年をとったアリフにあれほど繊細な感性があるとはとても思えませんでした。しかしあの人は、真の芸術作品を生みだせる感受性豊かな魂の持ち主でした。職人芸と芸術の両方、ヴァイオリンの作り方と演奏の仕方を教えてもらえたことがどんなにありがたいことだったか、しだいに実感するようになりました」

セリムは笑みをこぼした。

「ヴァイオリンの共鳴体の秘密とヴァイオリンの魂の秘密の両方、そしてそのふたつをつなぐコツも教えてくれました」

「ちゃんとした作業台のない森でもヴァイオリンは作れるのか？」

「森で会っていたのは、わたしが学校に通っているあいだのことです。卒業すると、父と故郷の村に別れを告げて、シルシャナに移り住みました。アリフは工房から通りをいくつか隔てたところに弟子のための小さな部屋を持っていたんです。わたしはそこに住みました」

「おまえさんのおやじさんは？」

「勝手にしろとばかりに口は一切はさみませんでした。それっきり音信不通です。もちろんそれはつらかったです」

「折檻されたのに？」

「縁が切れても、愛情が消えたわけではないですから。むしろ愛情を、少なくとも心のつながりを欲するようになっていました。そんな気持ちを抱くとは思いもしませんでしたが、自分の人生から突然父が消えたことには、かなりショックを受けたんです。しかし新しい世界の探究に忙しくもありました。引っ越して数日、まだ部屋の片づけをしているうちから、もっと別なものがわたしに欠けていることに突然気づかされました」

「別なもの？」

「わたしはある曲を練習していました。すべてうまくいっていると思っていました。音階、音色、リズム、テンポ、メロディ、想いの深さ。聞こえる音に重要なニュアンスが欠けているとは思えなかったんです。ところが、耳に直接届かないなにかが足りないように思えてなりませんでした。ちょっとした味つけ。けれども決め手になる隠し味」

セリムはイブラヒムの台所のドアを指差す。

「料理とおなじです。わかります？　料理にほんの少し砂糖を加えると、料理の味が丸くなる。甘みを感じさせるほど入れてはだめですが」

「たしかに。物事を完璧にするには隠し味が必要なことがある」

「そういうことです。ベースの味をいくら調整してもだめで、別の隠し味の方が有効です。そういう決め手になる要素が欠けていたんです。そのとき思いだしたのがアリフの哲学でした。音はヴァイオリンから引きだすのではなく、ヴァイオリンに注ぎ込むものだという彼の言葉。隠し味が足りないのは、楽器ではなく、わたしではないかと気づいた次第です。最後の味付けが必要だったのは、ヴァイオリン本体でもなければ、弓でもなく、ましてやそのふたつを使うことでもない。そのふたつを使う者に必要だったんですよ。そしてそればかりは、アリフから学べるものではないと気づきました」

セリムはしばらく間を置いて、これから話すことを頭の中で思い描いた。

「それから」セリムはささやいた。「彼女と出会いました」

「彼女？」イブラヒムはたずねた。

第10楽章

アマービレ　愛らしく

「ミリアム」そう言うと、セリムはその名を口にするのが冒涜でもあるかのように気恥ずかしそうに自分の両手をじっと見つめ、それから顔を上げてイブラヒムに視線を向けた。男の表情になにかが浮かんでいた。けっして失われることがなく、過去の遺物となることがない、穏やかな憧れの気持ちだ。男は小首を傾げた。まるでいままさにミリアムを見つめ、彼女の額にかかった髪をそっと払おうとしているかのように。満足そうに思い出に浸っている。だれにも奪うことのできない幸せな日々に帰った男の顔。だれもその時代に戻って、過去を変えることはできない。過去に起きたことは、現在における魔法の場所を占めるのだ。

「はじめて会ったとき、彼女の美しさに気づきませんでした。けれど……」そう言って、セリムは口をつぐんだ。

「すばらしかったんだな」とイブラヒム。

ふたりは顔を見合わせて笑った。

「その娘に会えなくてさびしいか？」イブラヒムはそうたずねると、村の衆が砂漠へ探しにいったのがそのミリアムかもしれないと思い至り、少し不安になった。

「ああ、会いたいです」セリムは言った。だが満足そうに見える。「しかしもうわたしにとって重荷ではなくなりました。どんなに近くにいても、恋しい想いが静まるとはかぎらない。彼女と並んでベンチにすわっていても、彼女を腕に抱いても、彼女をこがれる想いは変わりませんでした」

しばらくのあいだ、セリムの想いと蟬時雨《せみしぐれ》があたりを満たした。開け放った窓からライムの花の香りが室内に流れ込んだ。セリムの言葉にすがすがしい気分をまとわせ、重苦しい空気を追い払った。日の光が部屋に射し込み、壁にセリムの影が落ちた。影を落とす人間なら、まだ一番大事なものを失っていない、とイブラヒムは思った。本人よりも影の方が大きいのだから、見た目よりも大きな人間にちがいない。数人の子どもが笑いながら山羊を追いかけていくのが小屋から見えた。子どもたちをたしなめる者はいない。子どもたちが追いまわしているのはたかだか山羊一匹。マスクラン村の者は最近、笑う子どもとおなじ心境になって人生を楽しんでいる。

「シーシャをやらないか?」イブラヒムが言った。

「水パイプはひさしぶりです」セリムはうなずいた。「ありがたい」

イブラヒムは台所へ行き、しばらくして火をつけたシーシャを持ってきた。セリムは床に並べたクッションに身を横たえて、水パイプを吸った。白い煙を吐くと、それを指差した。

「ミリアムがわたしの人生に舞い込んだとき、すぐになにか特別なものが宙に漂いました」

「部屋に漂い、人の感覚を惑わす愛の成分かな?」イブラヒムは微笑みながらたずねた。

「つかもうとしてもつかめない。息のように」

「予感だな」

イブラヒムも水パイプを吸った。ふたりは同時に白い煙を吐いた。煙は宙にたゆたうふたりの想いを写す、そこはかとない似姿のようだった。

「ええ、ミリアムがわたしの人生にとって特別な存在になるという予感」セリムは言った。

「彼女にはじめて会ったとき、そう感じました」

第11楽章

∫∫ アパッショナート　熱情的に

「入りなさい」アリフは言った。セリムは神妙な気持ちでアリフの生活に足を踏み入れた。漆喰の壁には色とりどりのガラスフードが付いた変な形の銅製のランプがかけてあった。部屋の隅の天蓋の下には、唐草模様をあしらった大小十二個ほどのクッションが並べられている。そのクッションに囲まれるようにして膝高の机があり、その上に大きな水パイプが置いてあった。別の隅にスプルース材が天井に届くほど積み上げてある。どっしりした机と長持ちと工作台が一枚の壁を占拠している。机と工作台にはノコギリやキリやヤスリや彫刻刀やカンナが載っていた。机の角に、セリムにも使い方がわかる電灯がひとつだけクランプでとめてあった。天井から吊した革の輪に、完成したヴァイオリンや未完成のヴァイオリンがたくさん引っかけてある。部屋の真ん中には大きな炉があり、その上に通風口として大きな銅製の底の抜けたすり鉢が逆さに取りつけてあった。反対側の壁に、セリムは小さな台所と寝床と、浴室に通じているらしい扉を見つけた。

「ここで仕事をし、生活している」セリムが目を丸くしているのに気づいて、アリフは言った。「長年こうしているうちに仕事と生活の境がすっかりあいまいになってしまってな。歓迎すべきことかどうか思案しているところだ」

アリフはいたずらっぽく笑った。聴衆に気になる質問をしておきながら、その答えを知っているのに、わざとはぐらかしているような感じだ。

アリフは小さな台所に立ってチャイをいれた。

「おまえがヴァイオリンに注ぎ込むものは」とセリムに背を向けたまま言った。「おまえ自身だ。くどくどと説明するのはよそう。ヴァイオリンは指ではなく、心で演奏するものだからな。だがひとつだけ言っておこう。才能を伸ばす余地は無味乾燥な音符記号にはない。ヴァイオリンを使って音符と音符のあいだをどう埋めるかで決まる。とにかく決定的な力はヴァイオリンからではなく、おまえ自身から出てくるものだ。だからおまえ自身がどのように組み立てられるかにすべてがかかっている」

「ぼく自身がどのように組み立てられるか?」

「おまえの内なる宇宙の星位だよ、少年。おまえの人格を作る処方箋だ。ヴァイオリンには好きなだけ手を加えられる。だが改善できるのは響きだけだ。しかし音楽、それはおまえ自身の中から湧きでるものだ。どんなやり方にせよ、おまえの中で混ざり合ったものだ。なぜならそれこそが、おまえがヴァイオリンに注ぎ込むプロセスの結果だからだ。おまえの内なる編曲だ」

一瞬、セリムはそこに立ち尽くし、眉間にしわを寄せた。年老いたヴァイオリン製作者がいわんとしていることがちんぷんかんぷんだったのだ。

だがすぐに、それを実感することになった。背後の玄関が開いたことに気づいて振り返ったとき、セリムの内なるオーケストラが突如、目がまわりそうな激しいワルツを演奏しだしたからだ。自分の心の中にオーケストラがいるからといって、自分が指揮者になれるわけではない。音楽は勝手に鳴りだした。丁寧に指示をだす暇も、事前に総譜に目を通す余裕もなかった。無軌道なワルツは、回転木馬に長く乗りすぎたときのような奇妙な感覚を彼の臓腑に与えた。目がまわるが、けっして嫌な気持ちではなかった。

その娘は玄関に立ち、じっとセリムの目を見つめ、それからアリフに視線を向けた。顔にはベールをかけていない。短い黒髪が顔を包んでいる。すでに幼さはないが、ませた様子もなく、まだ大人の女になりきっていなかった。きゃしゃな体つきで、娘の本質はどうあってもそこに収まりきれないようだった。だから彼女の心は体から溢れだし、あけっぴろげで、無防備なくらいだった。細長い手に大きな買い物袋を持っていた。

「わたしよ」娘は言った。

「ああ」セリムは戸惑ってささやいた。「たしかに」

アリフに話しかけたのはまちがいないが、娘はいまだにセリムを見つめていた。沈黙の数秒間が過ぎた。娘はまったく反応しなかった。

「セリム、その子はミリアムだ」離れたところからアリフの声がした。

セリムは娘の顔を見つづけた。物音がするときは見えないところでなにか起きているものだが、それと同様に彼女の外見の奥にも何かがある。まだ姿を見せていない、すでに彼女の中にあって、もうすぐ確実に花ひらくもの。

セリムは娘をとくに美人だとは思わなかった。

けれども、こんなに美しいと感じたことはなかった。

第12楽章

∫∫ アッドロラート　悲しそうに

「これよりぴったりくる言い方はないでしょう」セリムは言った。「こんなに美しいと感じたことはなかった。背後で玄関が開いたとき、わたしはなにげなくそこにたたずんでいました。気配を感じて振り返ったとき、わたしの人生に転機が訪れたんです。そのとき突然ひらいたのはドアだけではありませんでした」

　セリムは腰を上げると、開け放った窓に立ち、庭やその庭を通り抜ける道を見た。道端のところどころで住民たちが立ち話をし、言葉や身振りで世界をつなぎ合わせ、すぐにまたそそくさと散っていく。庭に置いた椅子にすわって野菜の皮むきをしている者もいる。通りの少し先では、数人の少年がくたびれたサッカーボールをさんざん蹴り合っている。なにひとつ隠しごとなどせず、来る者を拒まない日常。青空の下、あけっぴろげに営まれ、だれもがその目撃者になる暮らし。シラケシュにはそんな気の許せる人付き合いがあった。まさかそのシラケシュが全体主義の国になるなんて、だれが想像できただろう。全体主義は正常な時代に一度として路上で草の根的に盛り上がったことなどない。

「ミリアムと彼女の両親は長年、アリフの隣に住んでいました」セリムがようやく話しだした。「わたしが出会ったときはもう別の地区に引っ越していましたが、それでもミリアムは定期的にやってきて、アリフのために役所の用事をすましたり、郵便局から小包を受けとってきたり、材料の注文をだしたり、買い物をしたりしていたんです。もしかしたら、わたしは彼女が手に持っていた買い物袋に恋をしたのかもしれません。そこには、食べ物だけではなく、親切心と友情の物語がいっぱい詰まっていたからです」セリムはこの数日身を横たえていたクッションをちらっと見てから、イブラヒムに視線を向けた。「ミリアムを見ることは、わたしにとって楽譜を読むのと少し似ていました。見ていると、彼女の音楽が聞こえたんです」

「なるほど」イブラヒムはうなずいて、水パイプを吸った。

「ミリアムの中で響き、わたしに深い感動を与えてくれたものは、ついに謎のままになりました」セリムは微笑んだ。「それをなんとしてもつき止めたいとは思いませんでしたし」

「そうだな。深いということは、愛情を底なしにしてしまう」

イブラヒムは一瞬、過去を振り返って、なにか探しているようだった。

「なにを考えているのです？」

「マリカのことだ。家内だった。三年前までな」

「奥さんも羊飼いだったのですか？」

「ああ、ある意味ではな」そう言って、イブラヒムは微笑んだ。「マリカはよく町の学校で手伝いをしていた。教師が足りなかったからだ。授業が突然、人格形成というより、人を鋳型にはめる行為になってから、なり手がいなくなってしまったのさ。そこで教師を引退していたマリカが代行することになった。週に二日」

「なにがあったんです？」

「マリカは人を鋳型にはめるよりも人格形成を大切にしたのさ」

イブラヒムはまた水パイプを吸い、白い煙を吐いた。しかし今回は、煙が消えてなくなるまでずっと見ていた。

「あなたは奥さんを失っていないですよ」セリムはしばらくしてささやいた。

「なんだって？」イブラヒムは客に視線を向けた。

砂漠から来た男は天井を指差した。

「さっきの煙。見えなくなったのは、空気にまじって、部屋じゅうに広がったからです」

イブラヒムはまた微笑んだ。

「ありがとうよ。そのとおりかもしれん」

セリムは窓の外を見た。

「そうにきまっています」

「おまえさんのミリアム」とイブラヒム。「当然それからも会ったんだろう?」

第13楽章

アルモニオーソ　よく調和して

ミリアムは川岸の草むらに敷いた布にすわって、川向こうに浮かぶシルシャナの町のシルエットを眺めていた。その日最後の陽の光の中、教会の塔、モスク、ミナレット（モスクの外郭に設ける細長い塔）はまだ照明を浴びていなかったが、それでも信ずる者のために道を照らしていた。

ミリアムはセリムに気づいていなかった。セリムは足を止めると、町並みを眺めているミリアムを見つめた。彼女は膝を立て、腕を体に巻きつけて、膝に顎を乗せている。セリムは彼女の横顔をゆっくりと目でなぞった。軽くひらいた唇、町のシルエットをじっと見つめる瞳。うっとりしたまなざし。探索の旅の途上でもあるかのように、シルシャナと川面に見入っている。セリムはほっと安堵の息をついた。ここで彼女と待ち合わせするなんて大胆にもほどがある。この川岸には毎晩、恋人たちが集う。しかしこんなところではしらけるという人も多い。少し上流で二筋の支流が合流してこの川になる。そしてこの川にまつわる伝説から、ここは恋人たちの待ち合わせ場所になっていた。その伝説によると、まだ古いしきたりが色濃く残っていた時代に、愛しあう少女と少年がいて、町の長老たちから会うことを禁じられたという。しかしふたりはけっして引き離されまいとして二筋の小川に変身し、一本の川に溶け合った。

セリムが近づくと、ミリアムが彼の方に顔を向けた。

「そこにいたの」そう言って、ミリアムは目許をほころばせた。

セリムが横にすわると、ふたりの肩が触れ合った。そのとたん、心のオーケストラが鳴り響き、だれかが弾くアラブの撥弦《はつげん》楽器カーヌーンのメロディがそこに混ざり合った。

ミリアムの唇はまだかすかにひらいていた。セリムの口づけを待っているかのようだ。彼の内なる音楽は交響詩に変わった。彼女の唇が心持ちひらき、やさしくも想いのこもった抱擁によって吐息をもらす。

セリムは気をしっかり保つために目を閉じた。妄想をたくましくしてはだめだ、と自分に言い聞かせた。

「モスク」そう言うと、セリムはシルシャナのシルエットを指差した。「入ってみたことある？」

「もちろん。モスクの中って本当に豪華よね。なぜそんなことを訊くの？」

「きみの名前。ムスリムじゃないよね？」

ミリアムは微笑んだ。

「キリスト教徒よ」

「この国ではいろいろな宗教が同居している。そのことについてアリフがどう言っているか知ってる？　ヴァイオリンはいろんな木材で作られているけど、それでもとても調和のとれたメロディを奏でるんだってさ」

ミリアムの笑みが大きくなり、唇がさらにひらいた。

「あなたの心にはとても熱いものが流れているのね」

そうとも、とセリムは思った。内なる音楽がすでに奔流と化している。ミリアムの方に腕を伸ばして、彼女を抱き寄せたい衝動に駆られた。

「熱いもの？　どういう意味？」セリムは戸惑った。

「だから、ヴァイオリン。音楽」

セリムは川を見た。

「音楽」うれしそうに言った。「どうしてぼくが音楽が好きかわかる？」

「どうして？」

「心の奥底まで響くからだよ。心を揺さぶる」

セリムは意を決して彼女の目を見つめ、自分の想いを口にした。

「愛とおなじだ」

ミリアムは黙った。微笑むかと思ったが、うっとりとした表情になった。セリムは彼女の目をまじまじと見つめ、それから気まずそうに川岸へ視線をそらした。しばらくのあいだ、ふたりはなにも言わなかったが、セリムはミリアムがおなじ気持ちでいるのがわかった。ふたりの感覚がおなじ一本の振動する弦ででもあるかのようだった。

「ヴァイオリンには特別な音があるんだ」セリムは小声でいった。「とても高音で、フルートの音のように聞こえる。弦に軽く指を置くんだ」

「というと?」

「弦をネックに押しつけない。指の前後で弦が振動して倍音を響かせるんだ」

なにを話しているんだろう。ぼくは早く大人にならなくちゃ。セリムはそう思った。彼女の手が肩に触れるのを感じたが、ミリアムを見る勇気がなかった。ふたりはそのままいっしょにシルシャナの町と川岸を見つめた。ふたりの共振が伝わったのか、川面にさざ波が立った。セリムはもっとふたりのあいだの弦を鳴らしてみたくなった。

「行ってみないか?」セリムは静寂を破った。

「いいわよ」ミリアムは言った。「それで、どこへ?」

セリムは心の中の嵐をもう一度静めてから言った。

「海だよ。明日、浜辺に行ってみよう」

第14楽章

モデラート　中くらいの速さで

波の花が大きな波に乗って浜辺に打ち寄せられては、夢のように儚く消えていく。いったん力強く盛りあがったかと思うと、すっと砂に吸い込まれていく。無数の泡がつぶれていく。シャボン玉のようにはじけ飛ぶ人間の意志とおなじだ。しかし波を押しとどめる術はない。幾度も寄せては返し、うっすらと濡れた跡を砂に残す。人の夢だって、いくらはじけようと、その痕跡を残し、消えてなくなることはないのだ。

浜辺は万物がメモを残す手帳のようなものだ。カモメ、ウミツバメ、アホウドリ、ウミウの足跡、それにまじってハンミョウやカニや人間の足跡もある。打ち寄せられた貝類の這った跡も見える。打ち上げられた海藻は砂地をめぐる緑色の命の道のようだ。浜辺はココヤシや〝海辺のターバン〟の茂みでできた緑の帯にさえぎられている。

〝海辺のターバン〟はシラケシュの在来種で、太い木の幹がねじれ、さまざまな色の花を咲かせることで知られている。伝説によると、数百年前、数人の頭のいかれた海賊がシラケシユの浜辺に打ち上げられた。身の危険も顧みず世話をしてくれた海辺の民に感銘を受けた彼らは、壊れた船を直してふたたび船出する際、感謝の気持ちからターバンにいっぱいの宝石を浜辺に残していった。〝海辺のターバン〟の花の首飾りは、そのときの宝石のひとつとされている。

昼の太陽に照らされて、砂がきらきら輝いていた。ミリアムとセリムのそばを大柄のアオアシカツオドリがとことこ歩き、飛びたつための風を待っていた。数羽のミヤコドリがぎこちなく歩きまわり、干潟を嘴でつついている。海は潮の匂いと旅立ちの夢を岸辺に運んできた。

小さな屋台でふたつに割ったヤシ殻をふたつ買い、楊枝《ようじ》でサイコロ状に切った果実をつついた。ふたりして波打ち際を散歩した。ミリアムがすぐそばを歩くので、セリムは胸が高鳴った。彼女の腕が触れるたび、新たな感情の波が湧きあがる。肩に腕をまわして、彼女の歩みを体に感じたかった。あるいは彼女の背に手を当てて、自分の気持ちを表現したいとも思った。手をにぎってはどうかなともセリムは考えた。いっそのこと、彼女の顔を両手に包んで口づけをして、彼女のはっと息を呑むのを感じてみたくなった。あるいは抱き寄せ、顔にかかる前髪をどかして鼻と鼻を触れ合わせたらどうだろう。しばらくのあいだ目を見交わし、鼻をくっつけあってたたずむのもいいかもしれない。風がふたりを包み、カモメがうるさく鳴く。波がふたりのふくらはぎをやさしく洗うだろう。ミリアムがふいに微笑み、それにつられてセリムも口元をゆるめる。

しかしシラケシュは、未婚の男女が公然と触れあうのを大目に見てくれる社会ではない。かといって、欲求を抑えられるものでもない。だから人目をはばかるしかなかった。セリムは思った。ミリアムを浜辺のはずれまで連れていって、ココヤシの木陰で砂地に横たわり、ココナッツで彼女の肌をなぞったらどうだろう。いや、彼女の内面になにかを残したい。なにかを書き残すんだ。〝海辺のターバン〟の花を一輪摘んでロマンチックな仕草で髪に挿してもいいかもしれない。ミリアムは大げさな振る舞いの裏にひそむ熱い想いに気づいてくれるかもしれない。彼女をおぶって、浜辺を歩くのもよさそうだ。映画や小説で恋人はよくそうする。理由はわかっている。そうすれば、彼女は頭を近づけて、頰を寄せてくれるからだ。

「恋人同士が砂にハートのマークを描くことがあるけど、くだらないと思う?」ミリアムがたずねた。

ぼくは白昼夢を見ながらしゃべっているようだ、とセリムは思った。

「少しね」

「少し?」

「少しくだらなくて、少し悲しい。だって、いつか波が打ち寄せて、そのハートのマークを壊してしまうだろう」

「壊れるとはかぎらないわ」

「壊れないことがある?」

「どうかしらね。それを持ってかえって、大事にする人もいるかも」

「たしかに塩漬けにすれば保存できる」セリムはそう言って、最後のを楊子で刺した。「海が愛を運んでくれると思う?」

「もちろん。愛でいっぱいよ。大きな蒸気船みたいな重いものでも浮かべることができるんですもの」

セリムは微笑んで、ココナッツをミリアムの口元に持っていった。ミリアムは唇をひらいて、果実をくわえた。その瞬間、口にしなかった質問に満足のいく答えをもらったような気がした。

それからしばらくして、ふたりは緑地帯の縁に建つトタン板のぼろ小屋のそばに来た。服らしい服を着ていない子どもたちが砂地にすわり、空き缶や古タイヤで遊んでいる。さびついたドラム缶で火を燃やしている男がふたり、浜辺に打ち上げられた死んだ魚を焼いていた。浜辺では数匹の犬がうろつき、波打ち際をかぎまわっていた。どこかで感度の悪いラジオから古い民謡が流れている。

「入植地だ」セリムは言った。

「入植地？」ミリアムは訊きかえした。「どういう新聞を読んでるの？　シルシャナの近郊がどうなってるかぜんぜん知らないのね」

「どういうこと？」

「よく見て。あれは入植地なんかじゃない。貧民窟よ。『曙光』に記事が載ったことがある。ここにいる人は進んで入植したわけじゃない。なにも持たない人たちなのよ」ミリアムはドラム缶のそばにいるふたりの男を指差した。「死んだ魚を除けばね」

「知らなかった」セリムはびっくりして言った。「自然な暮らしを望んでここに入植した人たちで、政府は、大目に見ているとも書いてあったけど」

「ええ」ミリアムは答えた。「人目につかなければ、首都のイメージを壊さないから」

ふたりはさらに歩いた。トタン板の掘っ立て小屋とそこに住む人たちのそばを通って、ふたたび人の手が入っていない浜辺に辿り着いた。
「ここはすてきだ」セリムは言った。

第15楽章

ルーヴィド　荒々しく

「愛は盲目です。まわりで起きていることにまったく気づかないことがあります」とセリム。「年を経るごとにシラケシュは徐々に変わっていきましたが、もちろんわたしも、ミリアムも気づきませんでした。社会正義がしだいに後退していることは、だれもが感じていました。金持ちがどんどん力を持っていくこともわかっていました。けれども、まさかわたしたちが付き合っているあいだに、国が牛耳《ぎゅうじ》られるとは思いもよらないことでした。ミリアムとわたしは幸せな日々を過ごしましたが、シラケシュは破局を迎えていました」

「アラブの国がクーデターで独裁国家になったのは、たしかにとんでもないことだ。だがイスラーム教の責任ではない」イブラヒムは皮肉を込めて笑った。「強欲のせいだ。ヨーロッパやアメリカだって、そのせいでひどいことになっている。問題は宗教の亡霊ではない。じつはよくあることなんだ」

セリムは、原動機付き自転車から降り立った新聞売りの若者をしばらくのあいだ見つめた。若者はにこにこしている。こっそり持ち歩いていた『曙光』を、独裁体制前とおなじように堂々と売れるようになったからだ。若者の頭上に枝を広げる木の陰に人々が集まり、最新ニュースに好奇の目を向け、口々に意見を交わしている。路上の暮らしがふたたび活況を呈するようになって、おおっぴらに意見を述べることもできるようになったのだ。そうやって話題にはいろいろ尾ひれが付くようになったので、シラケシュの通りにアラブ伝統の語りの芸が復活した。多彩な弁舌で考えのちがいを楽しむ語りの芸が、シラケシュの現実をまたたく間に彩った。

「セリム？」

「なんですか？」

「村の子どもたちに羊たちの世話を頼んでいる。そろそろ交替したい。夜の帳《とばり》が下りる前に子どもたちを家に帰してやりたいんだ。いっしょに来ないかね？　熱いチャイとナツメヤシを持っていって、焚き火を熾《お》こそう。話のつづきはそこで聞く」

セリムは窓から目をそらした。

「では牧草地で夜を待ちましょう。ミリアムとわたしの物語にはおあつらえ向きです」

第16楽章 ∫∫ フリオーソ　熱狂的に

　夜のシルシャナはきらきらしている。まるで光のアクセサリーに飾られているかのようだ。軒を並べる商店では壁のくぼみに灯明《とうみよう》がともされ、ガラスや紙で作った色鮮やかな提《ちよう》灯《ちん》が大きな並木道の木に吊される。狭い商店街には、通りにたまねぎ型のアーチが渡され、そこに鉛ガラスのランプが下げられる。壁には昔ながらに松明《たいまつ》がかかっている。もちろんいまはガス管が見えないようにうまく隠してある。大きなモスクは色とりどりのアップライトを浴び、ミナレットも白い光に照らされている。広場には炎がともる火受け皿が並んでいて、その前に若者たちがすわっている。そしてそれに呼応するように、藪の中ではホタルがつれあいを求めて発光している。路地では屋台の裸火が煙を通して黄色い怪しげな炎の影を浮かびあがらせている。

　そうした路地では、商人は財布よりも、心の方が大きかった。サービス満点の豪華な食事に飽きた者はここへ来るといい。だがくれぐれも屋台の主たちの気前よさに便乗しないようにすべきだ。この界隈では、客は王様だ。しかし王様のようにふんぞり返るのはよくない。それを心がければ、安い金で豊かさを手に入れられる。

ミリアムとセリムが小さな茶屋から出たときは、もう遅い時間だった。焼き肉と赤く燃える木炭の匂いがすでに漂っていた。

「古い地下貯水池に行ってみないか。まだ開いているかもしれない」セリムが言った。

ふたりは小道を辿った。複雑に入り組んでいる。先の見えないところは、人生の道とそっくりだ。いにしえの都市計画者は大きな樹木を中心に路地や家を配置した。その結果、樹木を避けるように道や壁が作られ、古くからの住民ですら道に迷うことがあった。ところどころ、壁同士がくっつきそうな個所もある。なんだか人々をつなぎ合わせようとして、数百年かけて壁がこっそり近寄ったかのようだ。

地下貯水池は元々、路地裏に張りめぐらした下水溝で消防用の雨水を集める施設だったが、いまは夕方の憩いの場となっていた。狭いコンクリートの階段を下りると、地下広間に辿り着く。

「やったね」そう言って、ミリアムはひらかれた入口の格子戸を指差した。

ふたりは地下広間に入った。地下だというのに、思いのほか人が多い。日が暮れる頃ここで待ち合わせをし、支柱のまわりでヘッドホンから聞こえる音楽を聞きながらワルツを踊るカップルは、この時間にはもう姿を消していた。それでもまだ、夜更かしが好きな人が何人も巨大な支柱のあいだを歩いている。支柱にはアラビア文字のカリグラフィーが書かれ、そこに光が当てられていた。天井には壁からつきだした数百本の管が口を開けているが、路地裏にある取水口はとっくの昔に閉められていた。その管はちょうど死んだオルガンのパイプのようだった。

柱につづられた詩文を見て歩くうち、セリムにも詩心が湧いてきた。詩の形をなさない言葉の羅列だが、破天荒で空想豊かだった。詩人たちが支柱に書きとめた詩文よりも、はるかに突拍子もなかった。セリムの詩は韻を踏むことがなく、心地よいため息で言葉がつながれた。二連からなるが、物語はひとつ。体はふたつだが、動きはひとつ。控え目で細やかな気遣いと無軌道な衝動が混ざりあい、心躍った。そして溢れんばかりの言葉を彼の中から解き放った女神《ムーサ》がすぐ横を歩いている。

人目につかない地下貯水池の端で、セリムとミリアムはそっと支柱に寄りかかった。

「どうしたの?」ミリアムは微笑みながらそうたずねて、彼を引き寄せた。

「新しい詩ができた」そう言うと、セリムは彼女にキスをした。

ミリアムは微笑みながら、キスに応え、体を寄せてきた。セリムは、自分の詩が叙事詩になりそうだと思った。彼女の唇から彼の心の中に霊感ともいえる成分が流れ込んできたからだ。セリムは彼女をさらに強く支柱に押しつけた。ミリアムがかすかな吐息を漏らす。そこには隠されたなにかがあった。これまで知らなかった息詰まる想いの変奏をセリムはそこに聞き取った。熱い想いが生んだリズムだ。想いを遂げろ、とそのリズムがセリムを鼓舞した。内面と現実のあいだの堰《せき》を切れ、心に押し込めていたすべての空想を現実世界に吐きだせ……と。

「閉門の時間だ」その現実世界から、知らない人の声が彼の耳に届いた。どうやらセリムの中の堰ではなく、地下貯水池の入口の格子戸を閉じるということらしい。

「残念」ミリアムがささやいた。「心がひらけるところだったのに」

セリムは小さく笑いながらミリアムから離れた。頭を引いたとき、シラケシュでもっとも有名な詩の一節がミリアムの背後の支柱に刻まれていることに気づいた。

優雅なカリグラフィーでこうつづられている。

「この世は盤石に見えながら、どうもたががはずれているようだ」

第17楽章

ドルチェ　やさしく

マスクラン村を覆う夜空に星がまたたいている。セリムはあの夜の場面を語ることで、星たちをそこに釘づけにしたかのようだ。あるいは、きらめく音符を伴奏にして己の物語を語るために満天の星を総動員したかのようでもあった。はるか彼方の砂漠が月の光を浴びて雪原のように見える。黒々とした村の小さな窓に、ぽつぽつと光がともっていた。昼が夜に変わるときの音が村から聞こえてきた。流し台に当たる鍋の音、扉やよろい戸の閂《かんぬき》をしめる音、寝る前に交わされる切れ切れの言葉、まだ眠りたくないとぐずる子どもたちの声。闇に沈んだマスクラン村は、外から見ると、体を横たえ静かに寝息をたてる大きな心やさしい生き物のようだった。

木の下でロバが目を開けたまま、まどろんでいる。羊の群れが草をはみながら草地を移動している。

普通この時間には、草地から追い立てられるので、羊たちは焚き火のそばにいるイブラヒムたちをときどきうかがう。こんな恩恵に預かっていいのか訝《いぶか》しんでいるように。

「この世は盤石に見えながら」そうささやくと、イブラヒムはナツメヤシを食べながら炎を見つめた。「その詩を知っている。昔、マリカが学校でその詩を教えたことがある。だがそれから長いあいだ、子どもに教えることはできなかった」

「また活字になって、教科書に載るようになるでしょう」とセリム。「文字はシュレッダーの餌食《えじき》になるかもしれませんが、詩の魂は文字がなくても永遠に存在しつづけます」

「そうだな。書きとめられた紙を刻んでしまえば、考えもこの世から抹殺できると思ったら、お粗末なことだ」

「愛しあうふたりを引き裂けば、愛情を滅ぼせると思うのも、お粗末です」セリムが付け加えた。

イブラヒムは顔を上げ、セリムの考え深げな目を見つめ、それから地平線に視線を移した。いまが絶好のタイミングだ、とイブラヒムは思った。ミリアムがいま、砂漠からやってきたら、どんなにすばらしいだろう。しかし小さな旋風が起きて、きらきらと砂を巻きあげただけだった。旋風は月の光を浴びながらほんの少し移動して、成就しなかった願望のようにすっと消えてなくなった。

「この世は盤石に見えながら」イブラヒムはまたその冒頭を口にして話題を戻し、砂漠が秘めている物語から顔をそむけた。「空の星もおなじだ。ひとところにとどまっているようでいて、じつは絶えず動いている」

「ミリアムが星と出会った話をしましょうか?」セリムは微笑んだ。

第18楽章

スピリトーソ　元気に

時間を遠い過去まで遡ろう。この国にも神話がある。花のある物語が慈しみ深く育てられ、ささやかな逸話が偉大な物語へ成長するとき、神話が生まれる。こんな伝説がいまに伝わっている。ある日、アーミナと名乗る女がシラケシュ砂漠に身を投げて泣き崩れた。性悪の魔神が彼女の庭を壊したのだ。何年も慈しみ、幸せの泉となっていた庭。その庭が洪水に遭い、命を育まない荒れ地と化してしまった。

アーミナが身を投げて、二度と起きあがらなかったところに、庭から救いだされた最後の種がこぼれ落ちた。切れ切れの記憶とおなじように、彼女のポケットからぽろぽろと砂地に落ちた。不毛の大地に涙が落ちる話ではお決まりのことだが、アーミナの涙を糧にその種から緑の植物が芽吹き、数百年の歳月をかけてオアシスになった。そのオアシスのまわりにベドウィン族が小屋を数軒建てた。伝説によると、これがシラケシュの都シルシャナとアーミナの楽園のはじまりだという。もしかしたらこの伝説の作者はただ、他の町の荒唐無稽な誕生秘話に遅れを取りたくなかっただけなのかもしれない。

アーミナの庭の魅力は伝説にふさわしい。シルシャナの市立公園はたしかに、忙《せわ》しない大都市の中のみごとな緑のオアシスだ。樹齢数百年の大樹が何本も、地に踏ん張り、天を支える巨大な円柱さながらに屹立《きつりつ》している。雲間との境界では、大きなココヤシの葉が穏やかな風にゆさゆさと揺れている。

日中は木の下に色鮮やかで芳しい世界が広がる。花が咲き誇る茂みや草花のあいだに、詩を売る者やナツメヤシ売りや語り部やコーヒー売りや絨毯織りや花瓶の絵描きが店をだす。職人たちにとってその庭は、あらゆる可能性を秘めた場所だ。庭のベンチにすわる老人にとっては心安まる場所。恋に落ちたばかりの人には幸せな散歩ができる場所。道は植栽のあいだをぬう。多くはまっすぐ延びていて、目的を持つ人にとって好都合。だがその先になにが待っているかわからずわくわくできる、まがりくねった道もある。小川とそこに渡した木の橋は、交差しながらまじわることのない、二本の人生の道のようだ。小川は草地に点在する池へ静かに情を込めて流れ込む。神話の中で生みの親とされているアーミナの涙の大きな写し絵だ。

空に星がまたたいている。ミリアムはセリムと公園のベンチにすわり、吐息を漏らしながら彼に寄りそっていた。この時間、物売りはすでに屋台を片づけていた。散歩を楽しむ人や池の畔《ほとり》でささやきあう人の姿が見られるだけだ。池でカエルが鳴いている。草むらでもコオロギが数匹鳴いている。密生するツツジの匂いが、シナモンやクミンやクローブといった食べもの屋が残していった香辛料の香りにまじって漂っている。

「コオロギは弦楽奏者、カエルはトロンボーン奏者。小鳥はフルート奏者、キツツキは打楽器奏者。これで世界一美しいオーケストラになる」セリムは言った。

ミリアムはうなずいて、彼の胸に手を置いた。

ミリアムがまた吐息を漏らした。

「どうしたの?」セリムはたずねた。

「ふたりでいられるときが幸せ。これって……」

セリムは彼女を引き寄せた。顔が触れ合い、そのことで心がいっぱいになった。不思議なことだが、最近、彼女の心の中で蕾《つぼみ》がひらき、花ひらいたようなのだ。いまでは満開の美しさだ。彼女の顔を間近に見ると、どうしても触れたいという衝動に駆られる。しかしセリムの心をふるわすのは、それ以上のなにかだ。彼には計り知れないなにか。もともと相性というのは幻想をロマンチックに美化したものだと思っていた。夢ばかり見て、現実に自分の居場所を探すのをやめて空中楼閣ばかり建てるような連中の発明。

しかしミリアムと彼、ふたりの心の奥底にはなにかがある。セリムに言わせると、内なるユニゾン。この言葉が一番近い表現かもしれない。

ミリアムはセリムのうなじに手をのばして、彼を引き寄せた。

「あなたをわたしの中に受け入れた。あなたはずっとわたしといっしょ」ミリアムは告げた。セリムの想いが聞こえたのだろうか。その言葉を永遠に刻みつけようとするかのように、彼女はセリムと唇を重ねた。

「きみの唇をもっと味わっていたい」セリムは大胆にささやいた。

「いいわよ」ミリアムは微笑んだ。だれにも見られていないのを確かめると、セリムの膝に乗って、足をベンチの座面と背もたれのあいだの隙間に通し、腕と太腿を絡みつかせ、顔を下げてもう一度キスをしようとした。腰をやさしく動かした。どういうふうにセリムを受け入れるか心に決めているようだった。セリムは頭がくらくらした。信じられない気持ちで、彼女の動きに合わせ、背中に手をまわした。ミリアムは下半身を彼に押しつけ、吐息を漏らした。すっかり欲情してしまったセリムは、両手で彼女の髪をかきむしった。闇の中、キスをしようと、顔を後ろにそらす。ミリアムのたゆたうような動きに頭がぼうっとする一方、感覚が研ぎすまされていく。目を閉じると、彼女の指が彼の唇を撫でた。やめたくはないけど、ここではまずい、とセリムは思った。もうちょっと物陰にいかないと。もうちょっとだけ。もうちょっと。いや、ここでも夜の闇に隠れて見えないだろう。だれも気づかないはずだ。ベンチのそばに立っても気づくはずがない。

「こんばんは」ベンチのそばでだれかが声をかけてきた。

第19楽章

∫∫ ドロローソ　悲痛に

「どうした?」セリムが話をつづけようとしないので、イブラヒムがたずねた。「つづきはどうした?　ミリアムと星の出会いを話してくれるのではなかったのか?」

「羊たち」そう言って、セリムはいたずらっぽく微笑んだ。「小屋に戻さなくてもいいのですか?」

「ひどい奴だな」イブラヒムは笑みを浮かべた。「羊たちを小屋に入れるのは、わたしがいっしょにいられないときだけだ」

「しかしもう疲れて、小屋に帰りたくはないですか?」

「ちっとも疲れちゃおらん」

「喉が渇いていませんか?」

「チャイがたっぷりある」

「しかしナツメヤシが残り少ない。空腹でしょう?」

「ああ。公園のベンチでそのあとどうなったか話してくれ。そっちに飢えている」

「このまま黙って二時間もここにすわっていれば、気持ちは収まりますよ」

羊飼いはじっとセリムの顔を見つめてから頰をゆるめ、ゆっくりうなずいた。

「そういうことか」

「欲求というのは、いくら抑えつけてもなくならないものです。むしろ強くなる」

セリムは焚き火の方を向くと、太い薪をくべた。炎が上がり、夜空に火の粉が舞って、星の狭間に身を隠した。

イブラヒムは小さく咳払いした。

「アーミナの庭。つまり公園のベンチで」

「なんですか？」

「おまえたちが飢えを満たす邪魔をしたのは何者だ？」

第20楽章

アダージョ　落ち着いてゆっくり

その老婆はふたりの前にじっとたたずんで見つめていた。

ふたりは落ち着かなくなり、ミリアムはセリムの膝からすべるように下りると、隣にすわった。

「ごめんなさい」ミリアムはささやいた。だが謝ったのは、人前で淫らなことをしたからではない。ミリアムの言葉はセリムに向けたものだった。セリムは彼女にされるがままに激しい情欲の激流に身を任せた。その激流が涸れたのは、セリムのせいではないからだ。

老婆は反応せず、ただじっとふたりを見つめていた。衣服も頭巾もずたずたに破れている。人の目を惹くのは、そのまなざしと、輝くメダルのついた首飾りだけだ。メダルは星の形をしていて、真ん中に目が描かれていた。

老婆は手を広げると、公園全体を抱きかかえるような仕草をして、ゆっくり言った。

「ここはたしかにアーミナの庭だけどね、この地を楽園にするのは情欲だけではないと気づくには、数年の人生経験が必要さ。けれどもいくら若くても、もう少し場所をわきまえた方がいいね」

「ぼくたちはただ」

セリムがそう言いかけると、老婆が言葉をさえぎった。

「そうだよねえ。いくら年をくったからって、そんな野暮を言っちゃいけない」

老婆はそう言って、口の端をひくつかせた。

「そのまま通りすぎればいいものを、あんたたちをじろじろ見たりして悪かったね」

それから大きな声で笑った。

ミリアムとセリムはびっくりして顔を見合わせると、ほっとして笑みを浮かべた。

「あたしはジャミラ・イサド・ビント・ナジーム。おまえさんたちの未来が下半身だけじゃつまらない。この星空に未来を見いだす手伝いができるんだけどね。あたしは占い師なのさ」

「なんだって?」セリムはたずねた。

「星読みの媼《おうな》」老婆は、メダルがその証拠だとでもいうように指差した。

「ぼくたちの未来はあそこにあるの?」セリムはいぶかしんで夜空を見上げた。「なにも見えないけど」

「なにも見えないかね？」

「不安を覚えるくらいの広大な闇以外は」

「そのあいだに無数の星がまたたいているじゃないか！　夜空に輝くあのたくさんの光は点字のようなものさ。見るのではなく、感じ取らないとね」

「自分の未来は自分でつかみとるよ」セリムはそう言って、ミリアムに腕をまわした。

ジャミラ・イサド・ビント・ナジームはうなずいて、ミリアムに視線を向けた。ミリアムは、はじめ怪訝《けげん》そうにセリムを見ていたが、セリムが肩をすくめると、ふたたび星読みの媼を見た。

「未来をちょっと垣間見るのも悪くないかもしれない」

星読みの媼は腕を高く掲げて空を見上げると、なにか探るように軽く両手を動かした。まるで指で星を手探りしているかのようだった。しばらくして天界の書物に探していた個所を見つけたのか、目を閉じ、精神を集中させて、両手でなにかを読みとるような仕草をした。

セリムは微笑んだが、ミリアムは憑かれたようにじっと見ていた。

「砂」とだけ言って、媼は口をつぐんだ。

ミリアムは眉間にしわを寄せて空を見上げた。その光景を自分の目でたしかめようとでもするように。それからまた媼を見た。

星読みの媼がそれ以上言おうとしないので、ミリアムはたずねた。

「砂？」

星読みの媼は腕を下ろして目を開けた。

「大量の砂」星読みの媼は言った。

「宇宙はあまりおしゃべりじゃないようだね」セリムが言った。

「あんたは砂の中に運命を見いだす」星読みの媼はセリムを無視して言った。

ミリアムはうなずいた。

「ありがとう。でも、それ以上は知りたくないわ」

星読みの媼はうなずいて微笑んだ。

「未来は他にも見えるけど、それは星を見なくてもわかる。あんたたちの情の深さに思わず足を止めて、見入ってしまったのさ。いまここでだしつくすことなどできないくらい深い愛情。未来永劫つかみきれないほど豊かだ」

「ありがとう」ミリアムは言った。

星読みの媼は胸に手を当て、一礼して立ち去った。

「ねえ、星をつかんでみようとしたことある?」ミリアムがたずねた。

「ああ」セリムは小声で答えると、まっすぐ彼女の目を見つめた。「さっきの婆さんがあらわれる直前にね」

第21楽章

∫∫ デソラート　憂いをもって

「あれはシラケシュの自由のために戦う最後の闘士たちが一敗地《いっぱいち》にまみれた頃のことです」とセリム。「ミリアムとわたしの仲も変わることになりました」

「なにがあったんだね？」

セリムは炎を見つめながらチャイをすすった。

「権力が掌握される前から、ほとんどすべての新聞や雑誌がおなじ論調の記事を載せていたことを覚えていますか？　新聞や雑誌の経営陣が記者の給料を節約するために、編集部を統合したせいでした」

「ああ。収益が編集部よりも経営陣に流れるようになったんだよな。たいした手並みさ。ジャーナリズムの批判精神はまたたく間に劣化した」

「そういうことです。メディアがそんな調子でしたから、クーデターを画策した連中は簡単に操ることができたんです。しかし例外がありました」

「『曙光』か」

「そうです。牙を抜かれる前のあの雑誌は、歯に衣着せぬ報道で知られていました。貧しい者はますます貧しくなり、富める者はますます富んでいくこと。一方が働き、もう一方がそれだけの働きをしないまま金を稼ぐという状況がどんどん当たり前になっていくこと。そういう記事は『曙光』でしか読めませんでした。だれよりも報酬をもらっているのが、社員を大量解雇することしか能がない連中だという辛辣なコメントが載ったこともあります。そいつらは公共に資することなど、まずやったためしがない。自分の手で失業者を作っておきながら、彼らを社会の寄生虫とみなす大金持ちの経営者たち。あいつらこそ社会の寄生虫です」

「経営の独裁」イブラヒムが苦々しげに言った。「『曙光』はそう呼んでいたな。多くの失業者を十把《じっぱ》一絡《ひとから》げにするそういう物の見方に反対していた。たしかに貪欲で高給取りの経営者たちがシラケシュを破局に導いたといえる。まったく恥知らずな連中さ。それがやがて財界から政界に蔓延したんだったな」

「そして『曙光』はそのことを記事で訴えました。権力者が見逃すはずがありませんでした」セリムは嘆息した。「そしてミリアムとわたしにも影響が及んだんです」

第22楽章

∫∫ ドロローソ　悲痛に

セリムは長椅子にすわって、何層にもなっている高いアパートを眺めた。車を運転していた両親が十字路で信号を無視して交通事故に遭ったあと、ミリアムはそのアパートでおじいさんと暮らしていた。そっくりに見えるたくさんの窓のどれかが、彼女の部屋の窓だ。アパートの単調なデザインのせいで、暗い人も、明るい人も、怒りっぽい人も、幸せな恋人たちも、みんな平板になり、一見するともう個性など無きにひとしい。とんでもないな、とセリムは思った。本当はちがうと確認するため、ミリアムに視線を向けた。彼女はベンチにいっしょにすわっている。アパートの単調さに負けない豊かな個性。情熱的で、はつらつとしている。

彼女は今日も元気そうだが、セリムはなにか違和感を覚えていた。この数週間、彼女に感じた屈託のない感情の発露がない。天にも昇るような心地にしてくれる深い想いも感じられない。これまでミリアムから溢れだしていたものが、今日は内へ流れ込んでいるように思えた。

その日、ミリアムはずっと寡黙で、物思いに沈んでいた。セリムは彼女を市場に連れていったが、香辛料と色鮮やかな布地とうっとりする匂いに包まれた胸躍る発見の旅にはならず、重い足取りで書き割りを抜けるだけの奇妙な散策になった。ミリアムの心がつかめなかった。ときどき声をかけたが、彼女は生返事をするばかりで、セリムを見てもくれない。とある屋台でライムとミントを混ぜた香辛料を鼻先に持っていったときも、その清々しい香りに触れもしなかったかのように、形だけうなずいて通りすぎてしまった。こんな状況でなければ、そのあとミリアムがはじめて自宅の前まで案内してくれたのだから、はずむ気持ちになってもおかしくなかった。しかしいっしょにすわっていると落ち着かず、いやな予感がした。

セリムはアパートを指差した。

「ここに住んでるんだね」意味のない空虚な言葉だ。だがとりとめのないことでも言って、なにかが刻々と身に迫る瞬間を引き延ばしたかったのだ。

「ええ」ミリアムは答えた。「二年前から」

「二年も」セリムは、それがすごいことだとでも言うように感心してうなずいた。

ミリアムは口をつぐんだ。なにか思うところがあるようだ。

「きみの部屋の窓はどこ？」

「七階、階段の左側」

セリムは階を数えた。ミリアムが教えてくれた窓にはとくになにもなかった。それでも「すてきだね」と言った。

ミリアムは肩をすくめた。セリムは困ってしまって自分の両手を見つめた。ミリアムはそっと彼にもたれかかった。

「きみがいるんだから、おじいさんは幸せ者だ」セリムがつづけて言った。

「おじいさんは思いやりが必要な年になったわ」

「ぼくとおなじだ」セリムは微笑んだ。「だからきみがいてくれて、ぼくも幸せ者だ」

セリムは彼女の肩がふるえているのを感じた。ミリアムが彼の方に顔を向けた。彼女の涙を見て、セリムは彼女の背中とベンチの背のあいだに腕を入れた。

「セリム」ミリアムは言った。言いづらそうだ。「昨日、『曙光』の編集部が摘発されたの。その場にいた編集者はみんな逮捕された。編集長はフリーの寄稿者の連絡先リストを破棄したあと、射殺された」

「どうして知っているの？」

「捕まった編集者の奥さんが昨日、電話をかけてきたから。連中は、この数年さかんに政治的発言をしている寄稿者たちを捜索しているんですって。連絡先リストがなくても、連中は草の根をかき分けてでも探しだすはず」

「きみのおじいさんも？」

「ええ」ミリアムはそこで息を吸った。「おじいさんもそのひとり」

セリムは息が詰まった。

「おじいさんは、いま政権をにぎっている連中を批判してきたの。それがなにを意味するかわかる？」

「ああ。すぐにこの国を出なければいけない」セリムは、それが真実の半面でしかないと気づいていたが、最後まで口にすることができなかった。

ミリアムは立ち上がった。

「おじいさんは歳を取っていて、体が弱いの。そして英語をひと言もしゃべれない。セリム、わたしはどうしたらいいと思う？」

真実のもうひとつの半面は痛みを伴った。

第23楽章

∫∫ メスト　悲しげに

「彼女が玄関の扉を閉めたあとも、わたしはしばらくベンチにすわったまま彼女の部屋の窓を見上げていました。そのうち部屋に明かりがともりました。それが彼女を見た最後です。彼女と祖父はその夜のうちに亡命しました。ミリアムはシラケシュをあとにしたんです。わたしと、わたしたちがいっしょに過ごした日々をあとに残して」

「どこへ亡命したんだ？」

「アメリカのウィスコンシン州。ミリアムの祖父の友人がミルウォーキーに家を持っていて、ふたりはそこに住んだんです」

「あのときの騒動がふたりの未来を奪ったのか。かわいそうに」そう言って、イブラヒムは同情を示そうとするかのように、セリムにナツメヤシの皿を差しだした。

「ええ、当時のわたしもそう感じました。奪われたって。あの星読みの予言には考えさせられましたよ。あまり熱くなるなと言いたかったんでしょうね。ミリアムといっしょに過ごした時間は短かったですが、しっかりと絆が結ばれるほど濃かったんです。でも星読みの媼が告げた未来はどこへ行ったんでしょう？　愛情が花を咲かせる楽園はどこへ？」

「愛情に花を咲かす余裕などあっという間になくなったからな」

「本当にあっという間でした。アリフの許での修行を早く終えてミリアムを追うつもりでしたが、それも叶わぬ夢となりました。ミリアムが亡命した直後、出国禁止になりましたから」

「しかし彼女の一部がおまえさんの中に残ったようだな」

セリムはうなずいた。

「アリフは本当にすばらしい人で、わたしを支えてくれました。ミリアムとわたしのことでは親身になって、よく相談に乗ってくれましたし、話に耳を貸してくれました。シラケシュの新たな状況には、師匠も胸を痛めていました。長い時間、椅子にすわって考え込むことが多くなっていました。そしてある日、師匠が思いつきでやったことが、すべてを変えたのです」

「思いつき？」

「ええ、ちょっとした哲学的な思考の旅でした。けれども、それを実行に移したことで、師

「匠の運命が決まりました」

セリムは焚き火の炎が躍る姿をしばらく見つめていた。

「わたしの運命も」

彼はぽつりと言った。

第24楽章

∫∫ モッソ　動きのある

アリフは天蓋の下でクッションに横たわり、上を見つめていた。唇を動かし、声にださずになにか言っている。頭の中で考えが形をなしつつあるようだった。

「アリフ?」小声で訊ねると、セリムは師の手の甲に指を置いた。だがアリフはそのまま天蓋を見ていた。

「シラケシュ、太平洋の真珠、心の楽園」アリフは国歌の一節をつぶやき、それから微笑んだ。「セリム!」

「なに?」

「ヌーベル・シテール島、新しきキュテラ島」

「えっ?」

アリフは首をまわしてセリムを見つめた。

「フランス人はタヒチ島に上陸したとき、そう呼んだ。キュテラ島は愛の女神アフロディーテの島だ。花咲くタヒチの美しい世界にフランス人の発見者は圧倒され、魔法にかけられた。その地に住む女たちに出会ったとき、フランス人はニンフだと信じ、男たちのことは神々だと思ったんだ。豊穣な自然の中、人々は仕事よりも快楽を優先し、性の自由を謳歌する社会を営んでいるように思われた」

「本当に？」

「まさか本当のはずがない。しかし長い航海で艱難辛苦《かんなんしんく》に耐えたあとだったので、感じ方がおかしくなっていたんだろう。誓ってもいいが、南海の楽園という夢が誕生したのはこのときだ。ホルモン過多になった冒険家の中に、第七天界に辿り着いたと思った連中がいたのさ」

アリフは微笑んだ。

「ジェームズ・クックをはじめとする太平洋を旅した者の航海記は、決まって幸福感に満たされている」アリフは短い間を置いた。「彼らにとって約束の地だったのさ」

「約束の地？」

「欲望に毒される前のあるがままの世界。この世では二度と体験できないと思われていた世界だ。それが失われていなかったというわけさ。それがどういう結果につながるかわかるだろう？」

セリムは考えてささやいた。

「地上の楽園。生きながらそこに辿り着いたというわけだね！」

「そのとおり。知識人にとって、島は理想の世界、外界から影響を受けず、健全な発展をとげたよりよい社会とみなされた。言ってみれば、荒《すさ》んだヨーロッパとは真逆の模範」

アリフは上体を起こした。

「そして次に来るのが、島の楽園という神話だ」

「それがどうしたの？」

「つづいているんだよ。いまでも」

セリムは観光案内で地上の楽園というイメージを売り物にしている島がたくさんあることを思いだした。独裁国家になる前、シラケシュにもたくさんのツーリストが訪れていた。

「ひとたびそのイメージがこの世に定着すると、それがずっとついてまわる」アリフは話をつづけた。「楽園を約束する地。愛情とおなじさ。本当のことか、人間が頭の中で作りだしたものかはこの際、関係ない。体験したいと望んだことが、わたしたちの心をずっと揺さぶりつづける」アリフは間を置いた。「そして実際に経験することができないと、その想いはさらに募るものだ」

「たしかに」セリムの心にミリアムの面影が浮かんだ。

「自由もおなじだ。もはやこの世からなくすことなどできない。どんなに抑圧したってだめだ。自由への想いは何度でも噴きだす。音楽だってそうだ。楽譜を廃棄し、総譜をことごとく破り捨て、すべての作曲家の活動を禁じても、音楽は存在しつづける。パガニーニは死んだが、彼のソナタは宙を漂いつづける。おまえがヴァイオリンにその曲を吹き込めば、すぐに聞こえるようになる。音楽は不滅だ。なぜならそれも、楽園を約束するものだからだ」アリフは天井にかけてあるヴァイオリンを指差した。「ヴァイオリンから音楽が溢れだすとき、その約束がひときわすばらしく響くのはなぜだと思う?」

セリムは首を横に振った。

「神話と伝説がヴァイオリンの魂柱をより強く響かせるからさ」

間奏

ʃʅ レチタンド　朗唱するように

フランス革命期のとある日、若い伍長が獅子奮迅の働きをした。腕に抱えたものを救うために命を賭《と》した。それはヴァイオリンだった。当時その伍長は激高した民衆の怒りに身を委ねた。伍長は武器の代わりに楽器を持ち歩いた。それはそのヴァイオリンにとって運命的な出来事になった。その伝説に伍長の名は残されていないが、デ・ロシエというヴァイオリンの名は伝わっている。アントニオ・ストラディヴァリによって数十年前に製作されたストラディヴァリウスだ。革命期の暴徒による破壊は芸術にも及んだ。高価なストラディヴァリウスはとくに、憎き貴族階級の象徴だった。怒りの矛先は数々のヴァイオリンに向けられたが、狙いは支配体制だった。

象徴がなんであろうとどうでもよかった伍長は、暴徒からストラディヴァリウスを救うために奪いとった。しかし結局、伍長は捕らえられ、別の道具の世話になる。当時、ちょうど流行っていた道具。ギロチンだ。

哀れな伍長が捕まったあと、そのストラディヴァリウスがなぜ破壊されずにすんだのかは謎だが、美談を好む人々にとってはそんなことなど枝葉末節だ。命を挺《てい》してヴァイオリンを守った人がいたという物語が本当かどうかということよりも、そこにこめられたメッセージの方が重要なのだ。そのエピソードに勇気づけられるからだ。

ヴァイオリン製作者の多くも、嵐のさなかに森に入り、命を落としたといわれている。落雷で木が倒れるとき、幹の砕ける音を聞くと、その木の良し悪しがわかるからだという。かなり眉唾な伝説だが、多くの語り手がヴァイオリンそのものよりも、ヴァイオリンの声望に心を砕いていることがわかるだろう。

実際、ヴァイオリン製作者は最良の木材を求めて旅をする。どこかで古い廃墟が解体されることを耳にすると、現場に駆けつけ、数百年ものの古い木材を手に入れるため、ドアや壁板や家具を譲り受けてくる。こうしてグラーツの市門が、垂涎の的となるヴァイオリンに姿を変えた。こうした古材を探す人やヴァイオリンを買い求める人は、ご大層な神話に弱い。だがヴァイオリン用の木材を乾燥させるのに何百年もの歳月は要しない。五年もあれば充分だ。

もちろん五百年と言われた方が胸がときめくのはたしかだ。だからヴァイオリンを古く見せかけ、虫が食った木のあいだに材料にする木材を置いてわざわざ虫食いの穴を作るような輩もいる。アマティやシュタイナーやストラディヴァリの偽造証明書も出まわっていて、世界じゅうでばば抜きをしている状態だ。証明書が本物か偽物かを見分けるのは困難なため、ヴァイオリン製作証明書はだれからも信用されなくなっている。本物の証明書がヴァイオリンからはがされ、安っぽい複製に貼り替えられることもあるため、本物の製作証明書ですら、そのストラディヴァリウスが本物であるという証明にならないありさまだ。

じつに巧妙な手口で名製作者のヴァイオリンを偽造する者がいれば、自作の塗料でイタリアの古いヴァイオリンの謎を再現したと吹聴する者も出ている。その一方で、ヴァイオリン製作の秘中の秘を、探偵まがいの熱心さで探究する人が世界じゅうにいる。というのも、クレモナの伝説的な製作者たちが、その秘密を後世に残さなかったからだ。彼らは塗料の作り方を秘密にし、墓場に持っていった。だがいまではストラディヴァリ、アマティなどの名製作者が使った塗料が、ごく普通の家具にも使われていたことがわかっている。偉大なヴァイオリン製作者は近くにある薬局へ行き、日常的に使われていたニスを購入していたのだ。

しかしここに、古いヴァイオリンの秘密を探究する際に陥る罠がある。実際、暗室でストラディヴァリウスと新品を弾き比べる実験をしてみると、ほとんどの場合、音色を区別できないという結果が出るが、それでも神話は揺るがない。はっきりと聞きとれるわけではないが、重要な意味を持つ不思議な味わいがそのヴァイオリンの音色に隠れていると、だれもが口を揃えて言う。ヴァイオリンを演奏する者は、楽譜に載っている以上のなにかをヴァイオリンで人の心に伝えるのだ。ヴァイオリンが奏でる音楽は楽園を約束する——すなわち夢を与えるものだからだ。音域が定まっている楽器にこういう芸当ができるとは大変なことだ。

第25楽章

∫∫ アパッショナート　熱情的に

アリフは屋根にのぼった。

空がどんよりした静かな夜だった。印象を残すための舞台としては少々精彩を欠くが、アリフはその行動に添え物が欲しいとは思っていなかった。選んだ舞台はシルシャナ旧市街のうらぶれた界隈。ここならひっそりしているし、屋根はそれほど高くない。アリフは一張羅である父親の古い燕尾服を着込んだ。この夜と彼になにが待ち受けているかよくわかっていたからだ。

狭くてごみごみした路地。ゴミのコンテナーから崩れかけた物置小屋に乗り移り、そこから屋根に上がることができる。月明かりが射し込む路地が、アリフにはとくに象徴的に思われた。つづいてアリフは星へと上りはじめた。

しばらく淡い月明かりの中にたたずむ。レンガ積みの煙突、金属の排気管、テレビのアンテナ。眠りを邪魔された鳩が数羽、鳴きながら飛びたった。それからまた静かになった。彼方にそびえるミナレット。暖炉から流れだす薪の匂いをかいで、なんでヴァイオリンになる幸運に恵まれず、暖をとるために燃やされてしまう木があるのだろう、とアリフはふと思った。

眼下の街は寝静まっていた。だれかの咳が聞こえ、裏手で猫が鳴いた。家並みのあいだに生えている樹木は梢しか見えない。波打つトタン屋根の隙間に大きな茂みも見えた。遠くにのぞめるのは、ちょうど種が芽をだした肥沃な畑だろうか。いや、あれは墓地かもしれない。まだ死にきってはいないが、沈黙を余儀なくされている人々がこれから入る巨大な集団墓地。枝から落ちた数枚の葉が家並みの上を舞っていく。ハチミツでコーティングした揚げたてのゴマリングの香りがほんのり風に乗ってくる。薪の燃える匂いに混じるゴマリングの香りは、匂いの管弦楽団の中のヴァイオリンでもあるかのようだ。空には薄雲がかかり、うっすらと霧が立っているが、寒くはなかった。屋根を通して室内の温もりが伝わってくるからだ。美しい夜だ、とアリフは思った。人生でもっとも美しい夜かもしれない。

アリフは相好を崩し、ヴァイオリンのケースを開けた。そのヴァイオリンを作ってから四十年が経つ。裏板にはメイプル材ではなく、炎で炙ったクルミ材を使い、何日もカンナとヤスリをかけてE音が出るようにし、表板のF音と調和させた。彼が製作した数あるヴァイオリンの中でも、これはきわめて深みのある暖かい音色を持つ。両手でヴァイオリンをケースからだして眺めた。アリフは少しふるえた。人生の半分をいっしょに過ごしたな。だが月の光でおまえを見るのは今日がはじめてだ。なかなかきれいだぞ。おまえを道連れにするのは惜しい気もする。たぶんおまえも無事ではすまない。

アリフはもう一度ケースに手を入れ、高価な弓をだしてケースの蓋を閉めた。ケースは棺のようにここに置いていく。空っぽのまま置き去りにされた、考えを異にする者の棺だ。アリフはケースの蓋から視線を上げて、屋根伝いに見渡した。それからヴァイオリンを顎に当てて歩きだした。

はじめは静かに歩いた。肩を寄せ合うように並ぶ屋根の上で、聞こえるのは燕尾服の衣擦れとアリフの息づかいと足音くらいだ。それから歩きながら右腕を上げて弓を弦に当てる。演奏するのはパブロ・デ・サラサーテの〈ツィゴイネルワイゼン〉。感情を揺り動かす曲だ。アリフはその曲に想いのたけをぶつけるつもりだった。

最初の数小節が、期待に満ちた夜のしじまに流れた。シラケシュの現状への率直で歯に衣着せぬ訴え。傷ついた魂の響き。その楽の音に伴われながら、アリフは歩きつづけた。足元で窓に明かりがともった。そしてまたひとつ。屋根を歩くアリフの背後にまるで彗星の尾のようにどんどん明かりがともっていった。窓から顔をだす者もあらわれた。寝間着のまま玄関に立つ者もいた。寝ぼけ眼だったが、ヴァイオリンの想いは届いた。シルシャナの路地裏にささやき声が聞こえた。屋根の狭間にアリフとヴァイオリンが見えると、手が上がった。アリフを指差す者、淡い月光の中に浮かぶその影をつかもうと手を伸ばす者。

アリフはヴァイオリンを弾きつづけ、虐げられし者たちのイメージを音に乗せた。彼らに残された感情は、討ち死にも覚悟の上という自由への欲求だけだ。

路地裏はしだいに人で溢れた。アリフは思った。夜がなにもしない時間だと思うのはまやかしだ。寝床の中で人生も思考も金縛りに遭っているように見えるが、実際には静寂と孤独のうちに計り知れない怒気を孕んでいるものだ。感情の熔岩はふくれあがり、圧が高まり、いずれ爆発する。夜中、寝床の中で窒息させられているものがアリフの耳に聞こえた。ひそやかなコーラスの共鳴。ヴァイオリン演奏はオラトリオへと変貌した。怒りと悲しみが言葉のない夜の合唱を生んだ。路地から路地へと染みわたるハミング。声はさまざまだが、メロディは一致していた。

だがそのうちアンサンブルに不協和音がまざった。釘を打ったブーツが丸い敷石の舗装を叩く。断続的なスタッカート。その調子っぱずれの打楽器で、拍子が合わなくなり、時間まで狂ってしまった。アリフはふいに、一瞬が間延びしてスローモーションになるのを感じた。オーケストラピットで、ティンパニーが一度大きく打ち鳴らされた。その瞬間、彼のヴァイオリンは粉々に砕け散り、アリフの命は尽きて、星がまたたく空へ昇天した。

第26楽章

∫∫ デクレッシェンド　だんだん弱く

羊の群れはゆっくりと草をはみ、物静かにしている。セリムが語る夜話が、言葉を解さない生き物にも伝わっているのかもしれない。あるいは思いがけず夜まで放牧されているのはなにかのまちがいだと判断し、不必要に注意を引かないようにしているのかもしれない。

イブラヒムは黙って群れを見た。柔らかく、穏やかな羊毛のかたまりを探せば、慰めの言葉がうまく見つかるとでもいうように。

「おまえさんはどうしてそのことを知っているんだ？」イブラヒムはしばらくして訊ねた。

「その夜、わたしも聴いていたからです。屋根の上の演奏を。そして師匠の最期を見ました」

「師匠にはそのあと会えたのかい？」

セリムは首を横に振った。

「連中がどこかへ運び去りました。師匠など、元々この世にいなかったかのように。通夜もなければ、葬儀もなく、墓地もない」

闇の中の一発の銃声か、とイブラヒムは思った。マリカのときとおなじだ。たった一発の短い銃声が、まだ生きられる命にあっさり終止符を打つ。まるで蚊を叩き殺すように。夜の路上、しかも自宅の前でマリカは地面にくずおれた。連中はイブラヒムを小屋の中で動けないように押さえていた。連中がいなくなったとき、妻の死体も消えていた。マリカの存在が長年にわたる彼の妄想だとでもいうように。この世では死体が路上に置き去りにされることがよくあるが、マリカは生きた痕跡を残すことも許されない人間のひとりとなった。

「どんな気持ちだったかよくわかる」とイブラヒム。

「大きなオーケストラをもってしても、なにひとつ変えられないことがありますが、たった一台の楽器がすべてを変えることもあるんです。師匠の発想はすばらしかった。けれども、わたしにはなにか腑に落ちないものがありました。しかしそれがなにかわからなかったんです」

セリムは熱いチャイをひと口飲み、イブラヒムが差しだしたナツメヤシに手を伸ばした。

「わたしはその答えを見つける決心をしました。アリフから借りていた部屋は、どのみち明け渡すほかありませんでした。政府が師匠の所有していたものをすべて没収しましたからね。だから練習用に師匠からもらったヴァイオリンを持って旅に出たんです」セリムは微笑んだ。

「思った以上の歳月を要しました。シラケシュじゅうを放浪し、何度かシルシャナにも戻りました。駅や商店街や市場や個人の宴会、小さな村や大きな町で演奏しました」

「答えは見つかったのかね？」

「すぐには見いだせませんでした。しかし、わたしのヴァイオリン演奏に変化が生じたんです」

第27楽章

∫∫アレグロ　快速に

高層アパートが巨大なキャビネットのように林立していた。窓はさながらずらりと並んだ小さな引き出しだ。政府は書類をとじ込むように人々を順繰りに住まわせていた。カーテンの奥で営まれる生活は仕事中心にまわっていた。それも政府系コンツェルンでの仕事。朝、隣接する職場へと人々は流れていき、夜遅く、かみ終わったガムででもあるかのように吐きだされる。

大小の企業が密集するこの地区は、ビルの正面壁を数年ごとに白く塗り直すことで面目を保っている。ビルのあいだをぬう陽当たり良好の通りには、ココヤシと花咲く茂みがあしらわれていた。企業の社長や部長たちを乗せた高級車が、アスファルトをこれ見よがしにゆっくりと走っていく。だが噴水には歩かないと辿り着けない。広場の真ん中にあるからだ。植物と装飾物であしらわれた白いアーケードが広場の一部を囲み、日射しを避けてすわれる場所を提供していた。噴水のそばには三枚の小さな銅板が埋め込まれていた。国営テレビ局がシラケシュ経済に関する報道をする際に三脚を立てる位置を示したものだが、そのことを知る者はほとんどいない。ここからだと、リポーターの背後に牧歌的な噴水、アーケードと輝かしいコンツェルン本社を収めることができる。映像が単調にならないよう、他にも市内に三ヶ所、壮大なビル群をアングルに収めることのできる場所が撮影スポットとして認められていた。この国の新しい支配者たちはシラケシュの建築文化がわかっていない。その神髄である簡素な美しさは外観よりも内装にこそあるというのに。ところで、政治絡みの報道では八ヶ所も撮影スポットが選べた。ただしテレビクルーがあまり広角で撮影しないよう、銅板にはレンズの正確な画角まで記されていた。

　かつてモザイクで埋めつくされていた噴水は、浜辺の黄色と海の青で彩られたふたつのモザイク面が合わさった形をしていた。しかしテレビに映らない側のモザイクは機関銃の銃弾でざっくり破壊され、もろくなった石が剝きだしになっていた。噴水が傷ついていない側に、セリムはヴァイオリンのケースを置いた。ケースを開ける前に、広場を見渡す。白い壁が日の光に輝いている。昼時で、従業員は公園にすわって日を浴びたり、屋台で食べ物を買ったりしている。数分前に、ムアッジン（イスラーム教で一日五回礼拝を呼びかける人）が呼びかけ《アザーン》を終えたところだ。

「アッラーの他に神は無し」という祈りの言葉を最後に、スピーカーはかすかに雑音をたてて沈黙した。辻音楽師には恰好の時間帯と立地だ。セリムはかがんで、ヴァイオリンをケースからだした。

なにを演奏しようかしばらく考えた。ここはコンサートホールではない。ぼんやりしたり、仕事をしたりしている人たちを引きつけ、公共の広場の日常に割って入らなければならない。わかりやすい曲がいい。メロディアスで、あれっと思わせるような驚きもある曲。カミーユ・サン゠サーンスの〈序奏とロンド・カプリチオーソ〉がいい。冒頭から聞く者の期待を膨らませる曲。最後の激しいパートでは汗だくになるほどのすばやい指使いを演奏者に求めるが、それによって偶然立ち止まった聴衆にも高揚感を与えられる。元々ヴァイオリンと管弦楽のための協奏曲だが、セリムに言わせると、ヴァイオリンだけでも充分だ。

最初の数小節を弾いただけで、すでにわくわくする物語のはじまりを予感させた。セリムは広場じゅうの関心を一身に集めた。目の端にたくさんの視線を感じる。屋台で食べ物を買ってきた人たちの中にも食べるのをやめて、噴水の方に耳をそばだてている者がいる。アーケードの陰にすわって騒いでいた学生たちも、肘をつつきあって静かになった。人目につかないように遅くもなく、速くもない足取りで広場を歩いていた人たちもふいに足を止めた。広場の端で、駐車違反をしている高級車に向かって歩いていた女の駐車監視員が歩く速度をゆるめ、違反切符の書類をじっと見つめた。そのあいだに演奏は主題に達した。サン＝サーンスは主題に軽くスペインの香りを加えていた。それほど速くはないが、迷いなくどんどん進んでいく。陽光を燦々《さんさん》と浴びながら八分の六拍子で歩く散歩のようだ。激しい指使いで指板を何度か前後し、わざと濁った低音のスタッカートを効かせ、最後に弓を三回上下させるあいだ、マルハナバチの羽音のようなビブラートをたっぷり響かせた。広場にいる人たち全員が黙って演奏に聞き入った。ここでセリムはまたスペイン風の主題を演奏した。アーケードは蓄音機のホーンのような効果をもたらし、そばの通りやその先のビル群にまで演奏が届いた。

それから不思議なことが起きた。

駐車監視員が違反切符をワイパーにはさむことなく違法駐車した高級車から離れた。小柄な太った男を連れた背の高い痩せた女がその車に近づいていき、フロントガラスを見つめてむせび泣いた。オフィスビルの玄関ドアが勢いよく開いて、スーツ姿の白髪の男が息せき切って飛びだしてくると、駐車監視員を追いかけて、引き止めた。

第28楽章

アンダンテ　歩く速さで

アパートの五階で、心が醜く、外見もぱっとしない背の高い女が足を止めた。いつもおとなしいマルチーズのようにあとからついてまわる小柄でずんぐりした夫が驚いて尻尾を振りながら妻を見上げた。

不動産業を生業《なりわい》にしているその女はたいてい、引っ越す借家人に、当人すら気づいていない小さな不具合を長いリストにして提示し、修繕費を要求する。この地上で自分など取るに足りないという思いに傷つき、女は何年ものあいだ、あるときはけわしい顔をし、またあるときはあからさまにいやな顔をして、借家人に住まいの弁償金を請求した。多くの人は彼女の常軌を逸した要求に黙って応じてきた。なかには法律に暗いせいで唯々《いい》諾々《だくだく》として従った者もいるが、たいていは他人から金をむしり取ることしか知らない哀れな生き方に同情を禁じ得なかったからだ。こうして女は、自分を偉く見せようと苦心惨憺することで、ますます見下されていった。それでも、相手をこらしめたいという欲求は止まるところを知らなかった。

それだけに、ここぞというときに彼女が逡巡したのは驚きだった。夫はびっくりして妻を見つめた。死に際でもなければ、住まいの状況確認のときに妻が甘い顔を見せることなどないと確信していたからだ。ところが妻は息が上がっているわけでもなく、意識がなくなったわけでもない。音楽に耳を傾けるという、とうてい考えられない行動を取ったのだ。

ヴァイオリンの旋律が開け放った窓から流れ込んできた。背の高い女は、食事中なにか恐ろしい音に驚いて、その音がどこから来たのか訝しむメンドリのように首を伸ばした。楽の音がどんどん心に入ってくる。一音一音が薬瓶から滴る鎮痛剤の一滴だった。台所のタイルのひび割れ、浴室の目地のカビ、玄関の錠の不具合。いままでなら借家人に修理のための請求書をつきつけていた。ところが突然、なにもかもたいしたことではなく、些末なことをあげつらって金を稼ぎ、毎月使い切れないほどの金を送金させるよりも大事なことがあるだろうと気づいたのだ。

「どうしたんだ?」女の足下にいたマルチーズが訊ねた。

「もういいわ」女は答えた。「帰りましょう」

そこからそう遠くないところで高級車の前に立っていた女の駐車監視員が、手にしたペンと手帳、すなわち駐車違反をするナルシストたちとの日々の戦いで使う無敵の武器を下ろした。連中は高給取りのくせに、他人の将来を台無しにして、路上に放りだす輩だ。しかもぴかぴかの車を止めて道路を塞ぐことまでする。彼女には、傍若無人なナルシストが車を自慢したいだけだとしか思えなかった。

だが今日は、この界隈の半分近くの物件を所有し、毎日のように駐車禁止コーナーに高級車を止める不動産業の女に目をつぶることにした。駐車監視員は手帳をゆっくりバッグにしまい、そのことによって、あの気に入らない、持てる者の自慰行為を粉砕したのだ。駐車監視員は笑みを浮かべながら、今日はもう違反切符をださないと心に決めると、満足して立ち去った。都市の喧噪にまじってヴァイオリンの音色が宙に漂っていた。

高級車が止まっているオフィスビルの最上階で、社長が突然ある重大な思いつきをした。営業マンにはもっとサービス残業をさせてもいいだろう。現在の勤務状況から考えるに、まだまだやれるはずだ。多くの社員は失業の不安を抱えている。職にかじりつき、体を壊すのも厭わないだろう。

ところがごく普通の暮らしが営まれている路上から、ヴァイオリン弾きが奏でる音楽が風に乗って社長の耳に届くと、心がなごんだ。サービス残業を命じるのはやめて、社員を雇い入れよう。もちろん資金繰りに深刻な影響が出るだろう。血も涙もない者であれば痛手にちがいない。不安で血の気が引いた。しかしそれでも社長は窓を開け、二年前、自らの手でクビにし、いまは駐車監視員になっている女を捜した。

第29楽章

ʃ ʅ アニマート　生き生きと

「なぜかわかりませんが」とセリム。「わたしの音楽が人々に及ぼす効果が年々強くなっていたんです。わたしはシラケシュを旅した。ヴァイオリンは太平洋の砕ける大波をしぶきに変え、明るい晴天にものすごい嵐を呼び、みすぼらしい界隈に住む心のすさんだ人々を陽気に浮かれ騒がせたこともあります。なにか考えさせるような曲を演奏すると、都会の喧噪の中にいきなり信じられない静寂が生まれるんです。コンクリートジャングルを野獣やエキゾチックな植物でいっぱいのジャングルに変える曲もあるし、コンクリートしかないところに生きていることを実感させ、現実を心の目で見る機会を作ってくれてありがとうとみんなが口々にいいだす曲もあります」

セリムはチャイを口に含んだ。

「たぶんわたしが奏でるものの中に師匠がいるのでしょう。そしてミリアムも。ふたりがわたしからにじみでて、音楽に乗っているんです。聴衆の中にはわたしの演奏を聴いているうち、路上で不思議なことをやりだす者がいます。男が急に泣きだして、そばの電話ボックスへ走っていったことがあります。市場で鳩を売っていた男が黙ってすべての鳥かごを開けて、飛び去る鳩をうれしそうに眺めたこともあります。空っぽのペットボトルを拾い集めて、ゴミ箱に捨てた少年もいました」

「たしかに不思議なことだ」イブラヒムは笑みを浮かべた。

「そうなんです」そう言って、セリムは微笑んだ。「歩道で演奏していたとき、車が次々と止まったこともあります。馬を叩いていた農夫がふいにその手を止めたこともありますし、女性がひとり、聴衆の中から離れたかと思うと、ポケットから手紙をだして破り、ゴミ箱に捨てて立ち去ったこともあります。それから……」

セリムはそこで口をつぐんで首を横に振った。

「すみません。これでは自慢しているみたいですね。自慢したいわけじゃありません。こんな話をするのも、このあと起きたことをわかってほしいからです」

第30楽章

∫∫ レント　緩やかに

シルシャナの地下貯水池は、十七年前にミリアムと訪ねたときから様変わりしていた。美しい文字で刻まれた数々の詩文は消され、支柱はペンキで白く塗られていた。希望を奪われ、尊厳を傷つけられていたのだ。ちょうど湯の出ないシャワー室に裸でいるような感じだ。消された詩文を作った詩人の多くは、体制批判者とみなされた。生きていようが、数百年前に死んでいようが関係ない。詩文を照らしていた照明は撤去され、地下貯水池の隅々にカビが生え、蜘蛛の巣が張っていた。床には、柱の詩文が消されるのを阻止しようとして撃ち殺された学生たちの血痕がうっすらと残っていた。かつて消防団が人の命を救うために貯水していた場所で、命が奪われたのだ。

地下貯水池が役目を終え、水が排出されたとき、そこは詩文の広間として新たな使命を帯びたが、そこがまた空にされたとき、残されたのは石の遺構だけだった。地の底に眠る中身のない恐竜の白い胸骨だ。入口の格子戸は、なにもなかったかのようにその後も毎日開けられたが、ヘッドホンで音楽を聴きながらワルツを踊る人はいなくなった。

詩文がことごとく塗りつぶされてから、セリムもここへは来なくなっていた。ミリアムにキスをした支柱を探したが、白いペンキしか見つからなかった。セリムはそれでも平気だった。ここでミリアムと彼のあいだに起きたことは消し去ることなどできない。どうやってもオーラが消えないものはたくさんある。

セリムはヴァイオリンのケースを床に置くと、ロウソクをともし、ケースの横に立てた。それからヴァイオリンと弓を取った。地下貯水池にいるのは彼ひとりだが、これまでよりも多くの人が聴くことになるだろう。

ミリアムへの想いが抑えがたくなったセリムは、音楽に特別な火をつけたいと思っていた。そのために、悪魔に魂を売ったあの有名なヴァイオリン奏者を呼び寄せた。彼の不思議なオーラはいまでも真似ができない。彼の神話は、自作した楽曲そのものよりも人の心に深く刻み込まれている。

「あの作曲家のソナタはいまでも宙をたゆたっている」と、アリフは言っていた。「おまえがヴァイオリンにそれを注ぎ込めば、また聴こえるようになるだろう」

セリムはヴァイオリンをかまえた。

間奏

レチタンド　朗唱するように

ニコロ・パガニーニは天国で天使の和音を学んだ。そして悪魔の和音を知らしめるため、聴衆を地獄に連れていく。彼のコンサートの告知には、そんな文言が添えられていた。それは真実を伝えるというよりは、受けを狙ったものだろう。だが的を射たものだ。彼は神にして、悪魔だったからだ。

といっても、彼の音楽への情熱は少なくとも天からの賜物《たまもの》だった。パガニーニが五歳のとき、母の願いを叶えるべく、母の夢枕に救世主があらわれたという。母は息子が偉大なヴァイオリン奏者になることを夢に描いていた。救世主は最善を尽くすと約束した。

パガニーニは母の願いを自分で叶えることになった。父の折檻という助力もあってヴァイオリンの腕を磨き、まもなく演奏旅行をはじめ、ヨーロッパ各地の都市を熱狂の渦に巻き込む。瘦せていて色白で、頭と鼻と耳が異様に大きく、歯並びは歯科医にも手の施しようがなく、黒髪を長く伸ばし、整髪していなかった。彼が通りを歩いていると、この悪魔に魂を売ったヴァイオリン奏者の足が馬の脚ではないかとじろじろ見る者がおおぜいいたという。演奏中のパガニーニの近くにあやしい影が浮かんでいて、満足そうにうなずいていたと主張する者や、身を守るため演奏会にロザリオを携えていく者もいた。悪魔と魔女に囲まれている姿が絵に描かれ、彼のヴァイオリンの弦は殺害した愛人の腸でできているという噂まで立った。

パガニーニは、自作の曲ばかり演奏した。十八世紀にはごくあたりまえのことだったが、十九世紀に入ってからは偏った演奏態度だとみなされた。しかしパガニーニは意に介さず、当時としてはモダンだったフランスのヴァイオリン学校で教鞭を執った。ヴァイオリン本体をほぼ水平にかまえて、弓を持つ腕を高く上げる演奏法を嫌い、古いイタリアの演奏法を好み、それを誇張して、その姿が奇妙に見えるほどヴァイオリンを下に向けて演奏した。だがそうすることで、手の動きによけいな力を要さず、指の動きも容易にしていたという。根強く語られる神話によれば、真の技量と完璧な演奏テクニックこそが彼の圧倒的な演奏の第二の秘密であった。巧みな重音奏法、限界まで弦を巻いて、当時のヴァイオリン演奏者の追随を許さない高音をだしたこと。

パガニーニ本人によると、あるとき手ちがいで楽譜が逆さに置かれたことがあったが、それでも一切まちがわずに弾ききったという。だが偉大な人間が自分の偉大さをひけらかすときは注意が必要だ。自分の楽器に服従する人間の場合はとくに。「わたしのヴァイオリンはまだわたしに満足していない」とパガニーニは手紙に書いている。また彼の主治医のひとりが言っている。「パガニーニはヴァイオリンに仕える炎のごとき魂の持ち主だ」

炎のごとき魂という言葉からも、彼がロマン主義の血を受け継いでいることがわかるだろう。彼はヴァイオリンでよく犬や猫の鳴き声を真似た。彼のヴァイオリンからはメロディではなく、鳥のさえずりが聞こえることがよくあったという。あるときG線とE線だけで、恋愛シーンを演奏したこともあった。一方の弦で娘の声を、もう一方の弦で若者の愛の誓いを再現したのだ。また夜中に墓地で死者のために演奏したこともある。

もちろん死者に捧げられた夜中のヴァイオリン演奏を、死体嗜好と悪魔崇拝の所業だと貶《けな》す者もいた。パガニーニのロマン主義的な性格は悪魔に魂を売ったヴァイオリン奏者という評判を助長した。地獄の眷属《けんぞく》であるという物言いにさすがに閉口したパガニーニは、反証として新聞に自分の産婆の手紙を掲載した。といっても、これはパガニーニ自作の偽物だったらしい。彼の産婆は文字が書けなかったからだ。パガニーニは真実のために世間に嘘を広めたというわけだ。しかし世間の評判をぬぐい去ることはできなかった。死んだあとも。悪魔に魂を売ったヴァイオリン奏者の埋葬を教会がよしとしなかったため、パガニーニの遺骸はおよそ四十年近く、住宅や地下室や兵舎や仮の墓地を転々とし、各地に運ばれ、海まで渡った。パルマの墓地に安眠したのは、ようやく一八七六年になってからだ。

毀誉褒貶《きよほうへん》に翻弄され、神話と現実のはざまに揺れ、その中からきわめて感情豊かな音楽が生まれ、最後にパガニーニの旋律が残った。

第31楽章

スピリトーソ　元気に

パガニーニの旋律が旅立った。地下貯水池の配管から、路地に張りめぐらした水道管に広がり、音の絨毯を作りだした。その音は埋葬された人々の魂のように石畳や床から浮きあがった。一音一音が地の底から湧きでる不思議なメロディを形作る。その音楽はシラケシュの心の奥底から溢れでたように聞こえ、みんなの注目を浴びた。路上でも、部屋の中でも、レストランや商店でも、みんな、面食らって動きを止め、少し落ち着かなくなった。多くの人が、かつて旧市街で似たような体験をしたことを思いだした。しかし今回の音楽は頭上から降ってきたものではない。地の底から湧きでてきたのだ。

どうしてそんなことが起きたのかわかったのは、地下貯水池とそこの配管のことを覚えているわずかな人だけだった。音楽を奏でる石畳や床を信じられないという面持ちで見ている人をよそに、他の人たちはすでに駆けだしていた。「きっと地下貯水池だ」口々に叫ぶ声がして騒がしくなった。小さな路地裏で人がこんな動きをしたのは、はじめてのことだった。

カウンターをふこうとしていた〈千二夜物語〉の店主の手が止まった。店主は雑巾を落とすと、床を見たまま、香料入りチャイのポットをすべてカウンターに並べた。

「お客さん」茶屋ではこれまで経験したこともないような静寂につつまれる中、店主がささやいた。「店のおごりだ。こんないいものを聴いては、今日はお代を取るわけにいかない」

〈夜香館《やこうかん》〉では悩みを抱えた若いカップルがナイフとフォークをはさんで、まるで解剖台に向かっているかのように見つめ合っていた。そのとき床からしみだすヴァイオリンの音が心に届き、ふたりは言葉で説明できる以上のことを悟った。「ねえ、聞こえる?」彼女が訊ねた。彼がゆっくりうなずいた。うまい言葉が見つからずにいたふたりの気持ちが、そのとき突然ひとつになった。

そこからそれほど離れていない路地裏で、女がひとり立ち止まった。群衆が彼女のそばを通って足早に地下貯水池へ向かった。しかし女は地面を見下ろす代わりに顔を上げて空を見つめた。家並みのあいだに見える星空は、まだはめていない大きなパズルのピースのようだった。女はそっと壁にもたれかかった。空の広がりと音楽の深みに陶酔し、それから花柄のハンカチをだしてむせび泣いた。

路地裏唯一の高級レストラン〈海辺のターバン〉の水パイプ用に仕切った部屋で、独裁者の副官が数人の役人と共にすわり、水パイプの煙をぼんやり見つめていた。パガニーニの旋律が副官の意識に届くまで、まだしばらくかかった。豊かさゆえの脂肪と面の皮の厚さが鎧となって、現実の出来事に不感症になっていたからだ。その副官が文化統制局の役人ふたりをじろっとにらんだ。ふたりは地の底から湧きあがる音楽が禁制に触れるかどうか判断できず、おろおろしていた。

副官はふたりの役人を手招きして命じた。

「演奏しているのはだれだ？　連れてこい」

第32楽章 ∫∫ デソラート 憂いをもって

音が流れだす地下貯水池に人々が殺到した。セリムは思った。パガニーニが死んで百七十年以上経つが、彼の魔力はまだ衰えていない。その力を行使すれば、初演の日とおなじように人々を魅了する。

セリムは次から次へとヴァイオリンでソナタを演奏していった。地上で聞こえた音楽が地下で奏でられているのを確かめようと、好奇心を持った人たちがしだいに集まってきた。入口の格子戸が人々の声と急く気持ちを奪い取ったのか、地下貯水池に入るなり、みんな、声をひそめ、じっとしていた。まるで本当のコンサートホールの中にいるようだった。

やがてスーツ姿のふたりの男がセリムの目にとまった。ふたりは目立たない身なりだが、だれの目にもわかる恰好だった。スーツなど着るのは、国家の僕《しもべ》に決まっている。素性を隠したのに、うかつにもばれてしまったというふりをしつつ、じつはわざとそうしているのだ。ふたりの役人は群衆の背後にたたずみ、我関せずという素振りをした。この場所で芸術を守ろうとした人の命が奪われたことを思いだし、セリムの体に衝撃が走った。ヴァイオリン演奏がふたたび大量殺戮の引き金になるかもしれない。だが兵士は姿を見せなかった。ふたりの役人は別の用事で来て、演奏が終わるのを待っているようだった。

弓を下ろし、ヴァイオリンが鳴りやんだら、なにかが起こりそうだ。それを阻止する唯一の方法は弾きつづけることだ。命がけの演奏になった。逃げ道を求めて、音階を何度も上がったり、下がったりしたが、逃れるすべはなかった。いずれ力尽きる運命だ。禍々しい瞬間は避けがたく、刻々と近づいていた。セリムはその時を引き延ばそうとした。だが先延ばししても、なにが起きるかわからないという苦痛が増すばかりだった。次のソナタへ移る心の準備をした。セリムはその瞬間ミリアムのことを思い描いた。彼女が住むアパートの前のベンチにいっしょにすわり、避けようのないことを引き延ばそうとしてしきりに話しかけたときのことを。

聴衆はそんなこととはつゆ知らず、我を忘れて聴き入っていた。セリムは永遠とも思えるあいだ演奏をつづけたが、だれひとり身じろぎひとつしなかった。やがて膝から力が抜けていくのを感じ、セリムはパニックに陥った。ふたりの役人もそのことに気づいたようだ。人込みをかきわけて近づいてきた。過ぎ去った過去の物語に救いを求めるように、セリムは横の支柱を見た。十七年前、ミリアムにキスをした場所だ。

そこにひとりの女が立っていた。支柱に両腕をまわし、花柄のハンカチを手にしていた。目を赤く腫らしている。セリムから目を背けることはなかったが、その女もふたりの役人が
セリムのところへ近づいてきたことに気づいていた。

「わたしよ」彼女は涙をこぼしながら言った。

「ああ」セリムはささやいた。「本当だ」

そしてついに弓を下ろした。

第33楽章

アフェットゥオーソ　愛情を込めて

「十七年」そう言って、セリムは首を横に振った。「長いあいだ彼女の顔を見ることもなく、音信不通でした。彼女はある日、扉の向こうに姿を消したまま、ずっとあらわれなかったんです。扉を抜けてわたしの人生から出ていったような感じでした。しかし彼女はその扉の奥にいました。わたしの頭と心の中に。うまく説明できませんが、彼女はずっといっしょだったんです」

「影のようにか」

「どちらかというと光です。しばしばわたしに進むべき道を示してくれました。大事な決断を下すとき、心の中で静かにミリアムの意見を聞きました。充実した愛を体験したことがあるかと訊かれると、いつもミリアムのことを話しました。お気に入りの湖畔にひとりいるときはいつも、彼女が横にすわっているところを思い描きました。まわりに人がいないときは、彼女の美しい名をよくつぶやきました。夜中にひとり寝床に横たわっているとき、彼女がもぐり込んでくるところを夢想しました。シルシャナに戻ると、人込みの中に彼女を見かけたような気がしたことがあります。願望が現実に姿を変え、錯覚を与えたのでしょう。アーミナの庭を散策すると、わたしの心は憂鬱の虜になりました。夜ごといっしょにすわったベンチの前を通るたび、そこにすわってミリアムのことを想いました。彼女のあとも何人かの女性と出会いましたが、わたしはつねにミリアムを物差しにしていました。だからだれひとり、わたしの人生の旅の供にはなりませんでした」

「だれかを大事に想うことはじつにすばらしい充実した気持ちだが、それはまた呪わしいことでもある」そう言って、イブラヒムは枝で焚き火をつついた。「一度でも究極の美を味わうと、その味が永遠に五感にしみついて消えなくなる」

セリムの目がきらりと光った。ふたたび過去に思いを馳せているようだ。イブラヒムはしばらくそっとしておいてから、また口をひらいた。

「ミリアムの香りがずっと鼻に残っているだろう?」

「さそい餌のようなものです。時を超え、シルシャナじゅうに感じられます」

「それはいい」イブラヒムはうれしそうにうなずいた。「喜ばしいことだ。それこそ、人間に与えられるもっともすばらしい贈り物だよ。何年経とうが、どれだけ遠く離れようが、もらった者の心と魂の中で脈打ちつづける」

「たしかに」セリムはささやいた。「ミリアムはわたしの中で脈打っています。もうひとつの心臓が鼓動しているような感じです」

「だが地下貯水池にあらわれた連中、そいつらはどうした?」

第34楽章

アジタート　感情をもって激しく

「その女はあんたの知り合いか、ヴァイオリン弾き?」役人のひとりが、いまだに支柱にもたれかかっているミリアムの方を顎でしゃくった。

ええ、もちろん、とセリムは思いつつ、「いいえ」と答えた。

「ヴァイオリンをしまえ。ロウソクを消せ。ちょっと散歩してもらう」

「少し音楽を演奏しただけですが」

「そのとおりだ。行くぞ」

セリムはヴァイオリンをケースにしまった。役人のひとりがミリアムのところへ行き、身分証を改めて、メモを取った。十七年ぶりに再会した恋人を否定することは、やはりうまくいかなかったようだ。

セリムはロウソクをしまって、ヴァイオリンのケースをつかんだ。ふたりの役人に連れられて、群衆をかき分けて進みながら、こっそり後ろを見た。ミリアムは支柱のそばに立ったままセリムたちを見送り、それから地下貯水池を去った。

　路地裏は噂で持ちきりだった。音楽は消えていなかった。みんなの心の中で響き、口の端にのぼりつづけた。ヴァイオリンのケースを持つ男を見てすぐ、この男がみんなの心をふるわせたのだと気づき、役人が彼を引き連れて〈海辺のターバン〉に消えるまで、目で追っていた。店内に入ると、セリムの繊細な耳は、店の隅々で客が息をのむのを聞きわけた。客たちは楽の音に酔いしれたあと言葉を失っていた。彼らの目を見れば、ヴァイオリンを持つ男が何をやったか気づいているのはまちがいない。ふたりの役人はセリムを煙のたちこめる部屋につれていった。テーブルの上座のクッションに、まるで贅沢三昧している古代ローマ皇帝のようにふんぞり返っている男がいた。相手がだれか知らなかったら、ゆがんだ自己愛に溺れ、自分の人生を永遠にその水パイプの部屋に封印している男だと思ったことだろう。しかしテレビによく登場するので、その男の顔はだれもが知っていた。シラケシュの路上で命令する姿を見れば、彼がすわったままでも人を殺せることは明らかだった。大統領の副官はセリムを手招きし、横にすわるよう横柄に指示した。

「おまえが演奏したのはなんだ？」

「パガニーニです」

「それはなんだ？」そうたずねると、副官はセリムを連れてきたふたりの役人をにらんだ。

「人ちがいをしたのか？」

「演奏していたのはこの男であります」役人のひとりが副官に耳打ちして、セリムとヴァイオリンのケースを指差した。「パガニーニはさきほどの楽曲を作曲した人であります」

副官はそっちを見向きもせず、セリムをじろじろ観察した。

「ただの辻音楽士か」副官はうなずいた。「なかなかいい余興になりそうだ」

「音楽を演奏していただけです」セリムは言った。

「ああ。音楽。他にも演奏できるのか？」

「他にも？」

「だから、他の曲だよ。たとえば、ぱっと陽気になれる曲」

「ええ、まあ」

「では週末に会おう」

「週末？」

「宮殿で舞踏会がある。年に一度の大統領主催の舞踏会だ。ふたたびその時期が来た」副官は悠然と微笑んだ。「おまえとそのヴァイオリンを招待する」

「わたしなど……」

「遠慮するな。おまえは来るんだ。労働者のスピーチをやめて、おまえの音楽に民の声を代弁させる。ここにいる俺の部下におまえの住所を教えておけ。俺からのじきじきの招待状を送らせる」

「そのような晴れ舞台に、わたしの音楽がふさわしいかどうかわかりません」

「俺の招待を断るのか？」そうたずねると、副官はセリムを親しげに見つめた。

「いいえ」セリムは小声で答えた。「めっそうもない」

「よし。帰るがいい」副官は横を向いて、ヴァイオリン弾きはもう帰ったとでもいうように役人のひとりと静かに話をはじめた。

セリムは腰を上げると、役人のひとりに住所を書いたメモを渡し、その部屋から出て食堂の中を横切った。讃える表情が多い中、心配そうなまなざしも見受けられた。奥の部屋にだれがいるか知っているのだろう。しかし食堂の客も、宮殿の舞踏会への招待もすでにセリムの眼中になかった。一刻も早く地下貯水池に戻りたかった。セリムは急いでドアをくぐり、夜の街に出た。

そこに彼女が立っていた。

第35楽章　アモローソ　愛情に満ちて

ミリアムは〈海辺のターバン〉の前の木にもたれかかってセリムを見た。不安げな顔をしている。

「セリム」彼女は唇を動かした。

「ミリアム」セリムもささやいた、名を呼べば、これが空想ではなく、現実のものになるが、名を呼ばなければ、すべて幻に終わるとでもいうように。五、六人の酔っぱらいが笑いながらセリムの前を横切り、一瞬、視線がさえぎられた。だが酔っぱらいが通り過ぎたあとも、ミリアムは木にもたれかかったままセリムの方を見ていた。

ミリアムが目の前にいる。セリムが心に抱いていた姿よりも十七歳も歳を取っていた。それでも、彼女の中には、あのときの少女が隠れていた。アリフのために買ってきたものを大きな袋に入れて抱えていたときの少女。ココナッツの殻を持って、浜辺をのんびり歩いたり、アーミナの庭で彼の膝に乗ったりした少女。地下貯水池でいつでもキスをさせてくれた少女。彼女はいまもそこにいる。姿形は変わったが、長い人生で加わったものに押し流されてはいなかった。

ミリアムはいまだに目に涙を浮かべていた。

「だいじょうぶ?」口ごもりながら言うと、彼女は〈海辺のターバン〉の方を顎でしゃくった。

「心配いらない」セリムは静かに言った。すると、ミリアムはぱっと木から離れた。ふたりは黙って少し歩いた。どの章と、どの言葉で、ふたりの物語をつなぎ合わせたらいいかわからず戸惑った。数メートル行くと、ミリアムが彼の袖を引っ張って、人気のない路地裏に引き入れた。人目がなくなると、セリムはヴァイオリンのケースを地面に置いて腕を広げた。ミリアムがその中に飛び込んだ。ついに会えた、とセリムは思った。

あらためてふたりの物語をはじめるにあたって選んだのは沈黙だった。そのうち、ミリアムの体のふるえが小刻みになり、セリムの背中を撫ではじめた。長年、彼女には頭の中でしか触れられなかったが、実際に触れても違和感は覚えなかった。しばらくのあいだ、ふたりは人気のない路地裏にたたずんでいた。セリムが抱いている腕に力を入れるたび、ミリアムは小さな吐息を漏らした。憧れが満たされ、不安が消えつつあるのが、その吐息から聞きとれた。そしてそこには他の響きもあった。長年だれにも聞いてもらえず、やっと共鳴体を見つけた内なる弦のようなものだった。

セリムは頭を引いて、ミリアムを見た。そばで揺れる松明の炎が彼女の顔に暖かい光を投げかけていた。やはり幻か、とセリムは一瞬思った。炎に照らされて瞳が赤く燃えている。幻影と見まがう美しさ。とてもこの世のものとは思えない。顔の輪郭もゆらゆら揺れて見え、まるで蜃気楼のようだ。本物であることを確かめるため、セリムは彼女の顔にかかった髪を手で払った。その髪は昔のように短くはなく、肩にかかっていた。ミリアムが微笑んで目を細めた。瞳が涙でうるんでいた。

「帰ってきたんだね」セリムは言った。

ミリアムはうなずいた。

「これからはずっとここに?」

彼女がわずかにためらってからもう一度うなずいたので、セリムはほっと安堵した。

それからミリアムは体を離すと、彼の手を取ってささやいた。

「少し歩きましょう」

第36楽章

デクレッシェンド　だんだん弱く

「不安」とセリム。「それがミリアムの心を蝕んでいました。再会したときすぐに感じたんです。遠隔操作されているように一方向へ歩きながら、反対方向に行きたがっている感じでした。ミリアムの目や表情や身振り、いや、息遣いからさえ、彼女が葛藤を抱えていることがわかりました」

「ふたたび国外に出る可能性があったということかい？」

「アメリカ合衆国のパスポートを持っていましたからね」

「なるほど。だがシラケシュに戻ってきた。おまえさんのためにか？」

セリムは一瞬、悩ましい表情を浮かべたが、すぐにまた愛情のこもった顔になった。

イブラヒムは自分の問いに自分で答えをだした。

「おまえさんのためか」そう言ってうなずいた。

「わたしのためでした。ここが彼女の故郷だから。彼女の祖父が死んだから。ウィスコンシン州で暮らし、医療助手の教育を受けて、クリニックで働いていましたが、もちろんシラケシュがどんな状況か知っていました。しかし報道機関の情報だけだったんです。ここの現実は彼女にとって、想像以上にひどかったと思います。わたしの演奏に誘われて地下貯水池で再会したのは、彼女がシルシャナに戻ってきて数日後のことでした。でもその短いあいだに体験したことは、この十七年間、自由な国で暮らした者には耐え難いものでした」

「ふうむ」

「わたしたちは夜通し話をしました。彼女がウィスコンシンでなにをしたか、わたしがシラケシュでどんな暮らしをしたか。アリフとミリアムの祖父のことも話しました。もちろん彼女が亡命する前にいっしょに過ごした日々のことも。昔を思いだして、彼女の目が明るくなりました。それから彼女は、昔のシラケシュはなにひとつ残っていないのかと訊ねたんです」

「どう答えたんだね?」

「だから〝内なる谷〟へ出かけました」セリムは微笑んだ。

第37楽章

エスプレッシーヴォ　表情豊かに

楽園にはバスで辿り着くことができる。そのことを信じない者や、自分の足で訪ねないと実感の湧かない人もいるだろうが。ミリアムとセリムは市内の移動に半日近くを要した。各駅停車の列車に揺られ、エンジン音を轟かせるバスを乗り継いだ。車内は人と、鳴き騒ぐ山羊やニワトリやガチョウを入れた鳥かごで溢れ、バスの後部には行商のかごや木箱、さらには鈍重な雌牛が載せられていた。多くの農夫には自前のトラックなどなく、所有していても工事現場用に徴用されているため、ほとんどの長距離バスが雌牛、馬、羊、山羊の仮設輸送車と化していた。ところで頻繁に検問をする国家警察は、そこにもぐりこんでいる怪しい者を見つけては、バスの後部に連れていき、尋問する。そこへ連行された者は家畜用チケットを買わされる。ただし片道切符だ。買うのはしぶしぶというよりも警察が恐ろしいからで、この先どうなるか不安だからだ。

いずことも知れないバス停に降り立つと、ふたりは二時間かけて自然の中をそぞろ歩き、昼下がりに丘へ登った。セリムはミリアムに微笑みかけた。

「もう少しゆっくり歩こう。この丘がなにを見せてくれるか見てみよう」一歩進むごとに視界がひらけ、丘の向こうが少しずつ見えてきた。それはシラケシュの心臓部だ。だから〝内なる谷〟と呼ばれていた。

目の前に見えたのは、広大な盆地で、背の高い草に覆われた草地の上を小さな雲の影が流れていた。巨大なセコイアが谷のそこここにそびえている。泰然としていて数百年の歳月なと感じさせないたたずまい。その根はシラケシュの街よりも地中深く根ざし、この島を地球に釘づけにしている。政治の嵐がどこへ吹こうとびくともしない。その先には絶壁を流れ落ちる大きな瀑布を見晴るかすことができる。轟音をたて、水煙をあげて、周辺に生気をたたえている。滝壺から溢れた水は川となり、葦や柳の古木のあいだをぬって谷に流れ込んでいた。シラケシュの心臓部は胸いっぱいに空気を吸いたくなる場所だ。もちろん空気が澄んでいるからだが、その空気に霊気が満ち、その霊気を吸収したくなるところだからかもしれない。

過去に外国のテレビクルーがまだ国内の取材を許されていた頃、ＢＢＣ放送などがシラケシュの隠された自然の宝石、〝内なる谷〟についてのドキュメントを前後編の予定で撮影したことがある。だが今は映像がさまざまな手を経て国外に持ちだされる時代で、全体主義国家にぴったりの風景ばかりが流される。砂漠化して彩りをなくした島国、砂だらけの荒れ地、焼かれた自動車、廃村、崩れかけた壁に掲げられた威厳に満ちた大統領の肖像写真、揺れる画面に映る瓦礫。まるでシラケシュはもう救えない、いや、もはや救う価値すらないと訴えているようだ。テレビクルーは楽園にも地獄があること、地獄にも猫の額ほどの楽園が見いだせることに思い至らないらしい。考えつかなければ、そういう映像も生まれない。

セリムは考えた。大事なものをすべて奪い去るのは、独裁政権の残虐行為のひとつだ。外の世界は残虐さにしか目が向かなくなり、すばらしいところを見落としてしまう。この国の風土や文化は、各国の外務省の危険情報の備考欄へと追いやられてしまう。そうなると、葉っぱ一枚すら緑色には見えなくなる。緑の風景が緑色に見えなくなるのはいうまでもない。

「どうしたの?」ミリアムがセリムの考え込んでいるような目つきに気づいてたずねてきた。

「シラケシュについての海外の報道がなにを伝えてきたか、考えていたんだ。砂と涙しかない灰色の国」

「そうね。でもそれを伝えることは大切なことで、正しいやり方ではないかしら?」

「正しいやり方の半面でしかないさ。もちろん悲惨な現実を描くことは正しい。でもここにも」セリムは〝内なる谷〟の方へ腕を伸ばした。「答えがある」

セリムは足を止めて、彼女を見つめた。

「長年別々に暮らしていたのに、ぼくはきみに愛を感じる。なぜだと思う?」

「なぜ?」ミリアムは微笑んだ。

「ぼくたちの愛も谷で生き延びたからさ」

「いいことを教えてあげる。ウィスコンシンの蟬」

「蟬?」

「変わった蟬で、北アメリカの一部に生息しているの。十七年間、地中で過ごすのよ。でもそれからすごいスペクタクルが起きるの。わたし、一度だけ見たことがある」

「なにを?」

「十七年経つと、大地のいたるところから蟬の幼虫が地表に出てきて、突然、途方もない数の蟬が空に飛び立つの」

「同時に?」

「ええ、一定の地域だけ。本当にすごい数でね、いっせいに飛びたつわけ。それにはわけがあるの。わかる？　そうすれば、世界中のどんな敵も蟬を根絶やしにはできないってこと」

「それはすごい見物《みもの》だろうね」

「神秘的なくらいよ」

「十七年ごとに幼虫がいっせいに大地から這いだすのを見て、昔の人はどう考えたと思う？　ネイティブアメリカンの多くは復活を信じ、蟬は不滅だと思ったのよ」ミリアムは微笑んだ。「そういう考えは世界の他の地域にも見られる。たとえば古代の中国やギリシア。羽化してきらきら輝く成虫になるところから、蟬は人の魂の象徴になった。つまり滅ぼすことができないものの象徴」

「なるほど」セリムはうなずいた。

ふたりはまた歩きだした。小道は川に沿ってつづいていた。川はせせらぎの音を立てながら、ふたりとは逆方向に流れていく。葦が密生しているところに水鳥が数羽立っていて、喉を鳴らしながらなにかを狙っている。

「セリム？」ミリアムがたずねた。

「なに？」

「なにかするつもりでしょう」

「わからない。でも、屋根の上から聞こえてきたアリフの悲しい音楽がどうしても脳裏から消えないんだ。みんなの感情を呼び覚ました！　力強く心を揺さぶる、信じられないくらい強烈な呼びかけだった。けれどもアリフの演奏は大きな波を起こせなかった。なぜだったのか気になっている。もしかしたらあきらめかけた人をさらに絶望の淵へ追いやったのかもしれない」

セリムはミリアムを見つめた。

「あのとき音楽は人を動かさなかった。麻痺させてしまったんだ」

第38楽章

パテーティコ　悲愴に

シルシャナの町外れの林は紫色の光に染まっていた。曙光は太陽が昇る前の密やかな明るいきざし。湿った空に描かれたフレスコ画だ。すばらしいものを見慣れた人にとっても、咲き乱れるクロッカスの紫色の海のように見事な眺めだ。しかし一日のはじまりは一般に日の出とされている。だからシラケシュの伝説では、日の出は「その日最初のスーラ（イスラーム教の聖典コーランにおける章を指す）」、曙光は「誕生のスーラ」とみなされていた。この伝説の起源は古い昔話にあった。それによると、この島の初期のカリフ（イスラーム教国の最高権威者の称号）のひとりがあるとき、なぜ毎日コーランを紐解かないのかと訊ねられた。カリフはそのときこう答えたという。

「読んでいるとも。その日その日が、わがコーランである。毎朝、新たな目でそれを読む」

朝を迎えると、オリーヴの林で鳥が動きだした。背の高い草が大地を覆っている。樹齢数百年を数え、古老のようにしわだらけの樹木の葉や幹の深い溝が朝露をたたえていた。新たに燃えあがった官能の吐息をチェロから引きだそうとする弓のように、そよ風が樹皮を撫でる。それに呼応して葉ずれの音も聞こえだした。

「きみに空を見せたかった」セリムは静かに言った。

「こんな色の空、はじめて」ミリアムは答えた。「なんだか」

「気持ちが高揚する？」

「ええ」

「曙光は気持ちを高揚させ、ぼくたちの心をつかむ」

ミリアムは微笑んで、彼の手をつかんだ。ふたりは林をそぞろ歩きした。朝露が靴とズボンを濡らした。

「気持ちの高まり」セリムはつづけた。「感動的な呼びかけ。たぶん人の心に達するためのもっとも有効な方法だ」

「でもきわめて危険な方法でもあるわね」

「権力者が使ったらということかい？　そうかもしれない。高揚感は民主主義と法治国家の副産物でもあるからね。ひどい皮肉としかいいようがない。もともと公に議論するときの手法として発明され、被告人がこの手法を使えば、身を守るのに有効だ。正義を左右する」

「でも正義を左右するとき決定的なのはどちらかしら？　根拠、それとも感情？」

「人の感情は根拠にならないかい？」

ミリアムは足を止め、だまって彼を見つめた。日の光が老樹の梢を照らし、林間に射し込むと、林を染めていた紫色が色褪せた。小さな粒子がおぼろげに宙を漂っている。セリムはミリアムの目を見て、彼女の両手をにぎった。

「わたしたちだけね。それじゃ、見せて」ミリアムは言った。

「なにを？」

「だから、あなたの根拠」

セリムはミリアムを引き寄せ、顔を両手に包んだ。少しでも触ったら、消えてなくなるのではないかと恐れるようにおずおずと。指が彼女の頰と髪に触れた。やはりこれは回想でしかないのではないかと、一瞬不安になった。

「きみが本当に戻ったのかまだ実感できない」セリムは静かに告げた。すると彼女が唇を重ねてきた。昔懐かしい触れ合い。セリムの内なるオーケストラが大音響を轟かせた。

「これで少し信じられるようになった」セリムはささやいた。ミリアムは彼のうなじに手をまわし、顔を引き寄せ、唇を少しひらいて彼の口をふさいだ。もう言葉はいらないとでもいうように。ミリアムの体がセリムに触れた。誘《いざ》なうように。答えを探すように。もうためらいの欠片すらない。セリムは両手を彼女の首から背中へと動かし、さらに腕へと伸ばして抱きよせた。少し力を込めて、体を密着させる。彼女もそれに応えた。ミリアムがさらに唇をひらく。甘く官能的な誘い。すぐにそれに応え、味わう。気づくと、ミリアムはブラウスのボタンをはずしはじめていた。

ミリアムがセリムを朝露の中に引き入れたときには、ふたりはもう裸で、息を切らしていた。セリムは彼女の隣に身を横たえ、溢れんばかりの思いを指先にこめて彼女の肌に触れた。指はふるえる彼女の腹部を辿り、下半身へ向かう。夢中でキスをしていたミリアムの口から吐息が漏れた。「なんて情熱的なの」ミリアムはあえぎながら言った。本心からの言葉だ。セリムは笑いながら彼女の首にキスをした。

「その情熱を吐きだして。わたしにちょうだい」ミリアムが彼の耳元でささやいた。

セリムは彼女に覆いかぶさった。彼女がすかさず絡みついてきた。むさぼるように唇を重ねてくる。ミリアムの両手がセリムの背中に置かれ、彼女の思いが彼の中に流れ込み、ふたりはひとつになった。

第39楽章

∫∫ スフォルツァート　とくに強く

特別なことが起きる予兆などまるでなかった。まさかこの日、霊感を与える響きが心に深くしみわたるとは。舞い飛びたいような気持ちに拍車がかかる。なにかを創造する力。その力さえあれば、見下されてきた様々な力を揺り動かすことができるはずだ。こうしていつもと変わらない日に、男はなんの変哲もない図書館で音楽書や総譜の山に埋もれ、検閲を免れたものを渉猟《しょうりょう》し、途方もない思いつきを成就させた。ほとんどの時間、楽譜に没頭し、メロディを口ずさみ、ときどきかすかに手を上下に振って拍子をとった。

まもなく目の前の本が塔をなし、男の姿を隠した。人間は数百年かけてヴァイオリンに磨きをかけてきた。そして神話と伝説を語ることでヴァイオリンを偉大な楽器へと高めもした。作曲家たちも、ヴァイオリンが物語を感動的に語り、忘れがたいものになるよう願って、汲めども尽きぬ物語の源泉となる曲を作った。受け入れられ、心に届くと確信できるのは、たしかになにかが心に刺さるからでもある。ただし内面化されるには、人々の心に深く入り込むだけでなく、そこにとどまる必要がある。

内面化は深いだけでなく、持続するものでなくては、とセリムは思った。この十数年で数多くの崇高な経験を積んだ。そしてこの数日の出来事とも相《あい》俟《ま》って、セリムは必要なものをすべて手にしていた。あと足りないのは本物の物語。求めているのは心を揺り動かす楽曲だ。人一倍心に届くものは、音色だけでなく、印象深いイメージを伴っていなければならない。本が文章でつづられるように、音楽は音符で感動的な物語を語り、情熱的な場面を描く必要がある。そういう楽曲はもちろんいくらでもある。しかし今回の目的にうってつけな楽曲を探しだすのには手こずった。

なにかが形を取った。かつて演奏したことのある作曲家を想起した。シルシャナの広場の銃弾を浴びた噴水のそばで演奏した曲。サン＝サーンスの曲の多くはまさしく音楽で語られた物語だ。初演でその名を高めたオラトリオ〈ノアの洪水〉はその典型だ。圧倒的な表現力によって、感動で泡立つ聴衆の心の波は、ホールが大騒ぎになるほどの怒濤となって砕けた。語り部というべき作曲家、文字ではなく音符を使い、章ではなく楽章で物語を構成する作家がいるとしたら、それはサン＝サーンスだ。〈動物の謝肉祭〉は世界じゅうに知られている。音による動物園ともいえる楽曲で、さまざまな動物が音楽で表現され、部分的には同時代の他の作曲家を茶化したパロディでもある。サン＝サーンスはパガニーニとおなじように、この楽器に文字どおり声を与え、ライオンの咆吼を真似たり、ロバやカッコーなどの鳥の鳴き声を模したりしている……。

たとえば、暁鶏。

そのときひらめいた。

「見つけた」セリムは思わず声をあげた。閲覧室にいた人が何人か驚いて彼を見た。湯船から裸のまま飛びだしたとでもいうように。オラトリオや〈動物の謝肉祭〉はヴァイオリン一挺《ちょう》ではとても表現しきれないだろう。しかしオンドリがサン＝サーンスの別の曲を思いださせた。交響詩。これもヴァイオリンだけで演奏する曲ではないが、編曲は可能だ。楽譜の山を掘り返して見つけだしたのは〈死の舞踏〉の総譜だった。

セリムはその総譜に没頭した。

そしてその物語に耳を傾けた。

第40楽章

∫∫ アパッショナート　熱情的に

夜中に墓地を訪ねる者とそこに眠る者にとっては好都合なことに、その墓地は青い光の中、しんと静まりかえっていた。周囲には、先端がとがった支柱で支えられ、渦巻き装飾が施された柵がめぐらしてある。その柵は、なにかが墓地から抜けだしては剣呑なので、それを予防するためのものであり、もう一方で、押し入られるともっと困るので、それを阻止するためでもあった。

月明かりが霧の向こうにおぼろに見える。霧の中に崩れかけた墓石が顔を覗かせている。忘却という霞の上に漂う想いの最後の断片。記憶とおなじ儚い存在。無名の腐った十字架の横に、素封家の古い霊廟がそびえている。夜においても序列がある。墓地の隅では永遠の炎がちろちろと揺れている。ただし永遠というのはまやかしだ。実際には、その都度、ともされる。おそらく生者の愛は、繰り返し新しく火をともす必要があるからだ。そして墓地はおろか、あらゆる死にまつわる場所で聞こえるあの亡霊の声が宙に漂っている。

そこに現世《うつしよ》の音が加わった。近くの村で教会の鐘が十二回、夜のしじまに響く。

そしてなにかが目覚めた。

鐘の余韻が聞こえる中、人影が墓地の門をくぐり、墓石に腰かけると、その人影にしかできないようなのんびりした姿勢をとった。人影はゆったりとしたマントの中からなにかを取りだした。意外なものだ。というのも、その楽器が奏でる音楽は、死に触れるにはあまりに惜しい不滅の存在だからだ。楽器はヴァイオリン。

死神がやってきたのだ。音楽を奏でるために。

ヴァイオリンを顎に当てて、弓を弦に載せる。流れるような動き。すぐにヴァイオリンの最初の情熱的な音がしじまを破る。それからすべてが変わった。

死神が演奏したのは、なんとワルツだった。生の喜びに溢れた音楽。すべての生が終わる場所で、命の灯火を消す役目を帯びた者によって、それは奏でられた。

演奏がはじまるやいなや、鼓舞する旋律が墓で眠る者たちの体に染みわたり、その音はすみずみまで届いた。大地のいたるところに亀裂が走り、物陰から骸骨が這いだしてワルツに合わせて踊りだした。

月の光でなにもかも色褪せて見えるが、輪郭は鮮明で、虚ろな胸郭を光がつらぬく。蒼白い踊り手たちが次々と墓から這いだし、渦巻く輪舞《ロンド》に呑み込まれる。踊り手の渦はその勢いで意志のない霧の霊を巻き込み、彼らに生の息吹を吹き込む。

死神は恍惚として、激しく弓を上下させた。まるでネックをノコギリでひいているかのように。

骸骨はかたかた音をたて、普段は地の中でじっと身じろぎしない者たちがますます激しい輪舞に酔いしれた。ときどき骸骨の渦がすっと静まることがあったが、すぐにまた渦が逆巻く。呼び起こされた者たちはもうやめたくないのだ。彼らに投げ与えられた命の欠片になにがなんでもしがみつこうとしている。

夜がいやおうもなく終わりに近づくと、死神はもう一度想いをこめ、力強く演奏した。踊り手たちもここぞとばかりに舞い踊り、逆巻く波が砕けて墓地を覆い、命を恋う気持ちを充満させた。とんでもない騒ぎになった。だがどんなに荒れ狂い、忘我の境地に達しても、そこには越えられない限界があった。

夜が白んだ。

一羽の小さなオンドリが一日のはじまりを告げた。骸骨たちにとって暁鶏は死の世界への帰還を意味する。彼らは日の光と相容れないからだ。輪舞する骸骨たちが唐突に動きを止めた。突然の静寂。茫然自失の瞬間。骸骨たちは物言わず、抗うこともなく、いっせいにくずおれ、地中に戻る。

魂の抜け殻。

幽界に没する。

第41楽章

アパッショナート　熱情的に

その夜、衛兵がひとりの男を宮殿に通した。男はただの平民にしか見えなかったが、副官じきじきの招待状を手にしていたおかげで衛兵の目にとまった。年老いた独裁者に対する言葉少なで、ほとんど無表情の表敬訪問をなんとかこなし、主催者との謁見がすむと、副官の気まぐれとして政治家たちのあいだをたらいまわしにされた。男は舞踏会に出席している数百の人々とおなじただの平民だ。影響力を持つ者たちから見れば神妙にしているべき存在で、エリートのおしゃべりに話題を供するためだけにいる。

セリムは、民衆が人生を謳歌しているように見せるためのエキストラたちにまじって時間を過ごした。労働者、サラリーマン、学生、年金生活者、主婦、児童が集められていた。まるで大がかりな生身の人形劇だ。終わればまた真っ暗な箱の中に戻される。今夜はしばらくのあいだ、彼らのおかげで他の人が享受している豊かさのお相伴にあずかる。豪勢なビュッフェに群がり、黄金のシャンデリアと風をはらむシルクのカーテンの下で夜通しダンスに興じる。それが終わると家に帰ることを許され、国家元首が気高く、市民に理解があり、心のこもった感謝の言葉を口にしたと、勇気ある下々の民に伝えることになる。

そして平民のひとりであるヴァイオリン弾きセリムに、ホールでダンスの伴奏をする栄誉が与えられた。夜が白みはじめ、副官が彼に合図を送った。国立管弦楽団のトランペットと太鼓が静かになった。独裁者は椅子から立たせてもらうと、経済大臣と『曙光』の編集長に支えられて、足をふらつかせながら舞台を見た。舞台ではヴァイオリン弾きがすでに音楽家たちと言葉を交わしていた。セリムが舞台の前面に出ると、彼のスーツの衣擦れの音が聞こえるほど広間は静まりかえった。セリムはヴァイオリンをゆっくり顎に当て、弓を構えた。

朝が近かったが、音楽に時間は関係ない。ハープが深夜をしめす十二の音を鳴らして〈死の舞踏〉の演奏をはじめた。セリムが求めた唯一の伴奏だ。そのあとはすべてひとりで演奏するつもりだ。ハープが鳴りやむと、セリムは指先で弦をつまんで小さな足音に似せながら舞台を離れ、人々の中に入っていった。しかし聴衆に驚いている時間はなかった。弓が弦に触れると、得も言われぬ旋律が流れだした。舞い飛ぶ虫を思わせる最初の数小節を奏でながら、セリムは広間の中央に出た。それからすぐ躍動感のあるワルツの主題が鳴り響き、音楽の効果があらわれはじめた。

数人の客がそわそわと目を動かし、音楽に後押しされてかすかに体を揺らしはじめた。まるで思い思いに揺れる軽やかな振り子のようだった。はじめは静かだった衣擦れの音が、やがて大きくなった。何人かが足を前にだし、おずおずとステップを踏み、踊る構えをした。まだどうしたらいいか迷っている人の中から、数組の男女が出てきてゆっくりと踊りはじめた。

セリムが奏でる音はますます人々の手足にしみ込み、人々はダンスに吸い込まれていった。恍惚となった編集長が独裁者のそばから離れ、舞い踊る群衆の中に消えた。経済大臣は独裁者の腕に引っ張られてバランスを崩した。

この夜の舞踏会でまだ一度も踊っていないとでもいうように、突如、人々が有頂天になって踊りだした。だが今回はガレー船の太鼓のリズムでせき立てられるのではなく、自分の心の赴くままに動いた。なぜならその夜はじめて、音楽が楽譜や命令に従ってあらわれるのではなく、本心の発露となったからだ。人の心の深奥を揺さぶるなにか途方もないものが、その音楽には宿っていた。押し隠されていた内なる弦をはじき、すべての人を感動の渦に巻き込む。広間全体が踊る人で埋めつくされた。歓喜に湧く老若男女の目がくらむような熱狂。ひるがえる衣装が突然、旗のように見えた。セリムは人の渦の中心に立って演奏をつづけた。この世にある魅力的なものをことごとく解き放つような演奏だ。

このときセリムの心にさまざまな想いが去来した。スプルースに囲まれた空き地でヒバリの鳴き声を真似たアリフ。この楽器の完成に心血を注いだ数多のヴァイオリン製作者、作曲家、演奏家。はじめてミリアムに出会ったときのこと。そして彼女を見つめてセリムの内なるオーケストラが大音響を響かせたこと。そのすべてを彼はヴァイオリンに注ぎ込んだ。数百年の時を経て数々の魔導師の手を経て作られた究極の魔術道具でもあるかのように。セリムはいったん火をつけてから、それをまた下火にして、消える寸前の熾《おき》にしてから、また炎に息を吹きかけ、赤々と燃えあがらせた。曲が終わる直前、もう一度激しい旋風が起きた。セリムは憑かれたように弓を動かし、躍る人々はほとんど正気を失った。

そしてエクスタシーが最高潮に達したとき、セリムはいきなり演奏をやめた。

第42楽章

∫∫ ヴィブラート　ふるえるように

静寂には、いいところがある。恐ろしさに体が麻痺するのとはちがう。とどめの一発を受ける前の間隙でもないし、同房の囚人が引き立てられ、悲鳴をあげるまでの数秒間とも異なるし、意見を異にする者の沈黙でもなく、嵐の前の静けさとも、容疑者の返答を待つ取り調べ官の底意地の悪い沈黙ともちがう。

ヴァイオリンの音をそこで一瞬消すというのは冒険だったが、それはなんとも不思議な体験になった。セリムは弓を弦から放し、自分がかきたてたものを余韻を残すように共感するかのように穏やかに振動するにまかせた。よかれと思ってしたことだが、非難すべきことと捉えられる恐れがあった。最後の残響に充分時間を与えてから、セリムはあらためて弦に弓を置いた。静寂のあとに来たのは覚醒だった。

ひるがえる衣装と笑いとエクスタシーの渦中にあった人々が動きを止めたそのとき、五つの音が響き渡った。いきなり石と化した会場に刻まれ、二度とこの世から消し去ることができない五つの音。サン＝サーンスのオーケストラバージョンでは、オーボエが担当する暁鶏。セリムはそれをヴァイオリンと持てる力のすべてを使って、命を賭した不尊な問いかけに変えた。

さらに短い間を置いたあと、セリムはふたたび弓を弦に当てた。深い悲しみと衝撃に満ちてくずおれる音が、人々の無力さと屈服の様を、唯々諾々となり、生きているとはとてもいえない生活に埋没する姿を印象強く描写した。わずかな時間だったが、その音で、これでいいのか、と問う。暁鶏は目覚めの時を告げるのではないのか、と。

そのときくずおれたのは、予想外の人物だった。

老いた独裁者がひとりで立っていた。手を貸していた編集長と経済大臣は硬直した人々の中にいて、支える供をなくした独裁者はふらふらしながら茫然とセリムの顔を見つめていた。セリムは〈死の舞踏〉の最後の音を鳴らしたあとも、ヴァイオリンを構えたままでいた。それにつづく圧倒的な静寂も演奏の一部であるかのように。独裁者はよろよろと足を一歩前にだし、まともに歩くこともできないことに驚き、狼狽とも怒りともつかない大声を張りあげた。次の一歩をだしたとき、独裁者の顔に動揺の色が浮かんだ。じゃらじゃらとぶつかる勲章の音に伴われて、独裁者はついにバランスを失い、あっという間に尻餅をついて足を前に投げだした。帽子がだらしなく額にかかり、顔から仮面がはがれ、本性をあらわにした。体の大きさといい、その姿勢といい、遊び戯れる赤ん坊のようだった。

いち早く我に返ったのは編集長だ。カメラマンにこっそり目配せをした。ストロボがたかれると、大騒ぎになった。数百にのぼる人々が激しく手を振りまわし、口々に大声をだした。その声は宮殿から溢れだし周辺の通りにまで聞こえるほどだった。ワルツの余韻が客の想いを動かしたかのように、ある共通の確信がとどまるところを知らないうねりとなって広間に渦巻いた。みんな、それぞれに心の中で思っていた確信が、はからずもいま、独裁者の眼前でさらけだされたのだ。舞踏会なんかで楽しい気分に浸っても、結局はまた死んだような硬直した日々に戻るんじゃないか。そんなのごめんだ。死の音楽で踊らされるのはいやだ。自分の音楽で踊りたい。これ以上抑えつけられていたら、墓場行きもおなじだ。夜をかなぐり捨てよう。光が欲しい。闇のエンドレステープの中で生きるのはごめんだ。

それからしっかりした大きな声が響いた。この瞬間、広間にいる者たちが脳裏に浮かべたことをひと言にまとめた声。「ワルツは踊りたいが」編集長が騒ぐ人々に向かって叫んだ。

「踊らされるのはごめんだ！」

人々が歓声をあげた。護衛に助けられて椅子にすわった独裁者は、そのあいだもセリムを見つめていた。「あの者を捕えよ」と大統領がささやくと、護衛がヴァイオリン弾きに飛びかかった。その場に集っていた人々は、大切なメッセージを託された伝書鳩さながらに宮殿の庭園を抜けて散っていった。明け方の庭園には白や紫に輝くクロッカスが一面に咲き乱れていた。

一夜にして、シラケシュは春になった。

第43楽章

∫∫ピアニッシモ　ごく弱く

無。

ただ闇ばかり。

いまがいつなのか、そこがどこなのかまったくわからない。セリムはただ横たわったまま待たされた。固い石が背中に当たる。静寂の向こうにはなにも存在しないように思える。だが感覚が麻痺していて、どうしてそうなのか説明をつけることができなかった。

視界に入るものはすべて黒い。洞窟の中にでもいるようだ。体は無傷らしい。少なくとも苦痛は感じない。指先とつま先をゆっくり動かす。それから首をそっと左右にまわす。どこを見ても、真っ暗闇だ。

まず両腕、それから体を動かす。衣服に違和感がある。耳に入った衣擦れの音に聞き覚えがない。困惑してよく触ってみる。知らない布地だ。ごわごわしている。セリムの知覚も、くしゃくしゃのベールでもかけられたかのようで、現実が切れ切れにしか感じられない。衣擦れの音に聞き覚えがないことはわかったが、遠くから聞こえる物音がなんなのか判然としなかった。

セリムはぎゅっと目をつむってから、あらためて瞼を開けた。闇に変わりはなかった。体を起こすと、椎骨のひとつひとつに激痛が走った。相当長くここに横たわっていたようだ。上体を起こすと、意識がはっきりして、遠くの音がよく聞こえるようになった。セリムは、はっきり聞こえない方がよかったと思った。

痛めつけられた人の悲鳴、あるいはだれかを痛めつけ、今度は自分が痛めつけられる側に立たされた者の苦悶の声だ。だれとも知れない悪意に満ちた拷問官に責めさいなまれ、もはやすすり泣くことしかできないようだ。どうせ無理だとわかっていながら、助けを求めたり、いっそのこと死なせてくれと懇願したりする存在。ということは、ここは苦痛にあえぐ場所、慈悲など存在せず、おそらく命運尽きるところなのだ。

セリムはゆっくり四つん這いになった。

それから這って進んだ。

闇の中をおずおずと手探りする。まっすぐ進んでいるだろうか。数メートルで壁につきあたった。指先が滑らかなタイルに触れた。あえぎながら立ち上がり、両手で壁を探ったが、なにもなかった。セリムは壁伝いに進み、洗面台か扉でもないかと探した。しかし最初の部屋の隅に至るまで、タイルしかなかった。部屋の隅は直角に折れているようだ。

「ひとつ目」セリムはささやき、自分の声に少し驚いた。さらに足を前にだし、闇から少しでも情報を得ようとした。床は石で、四方の壁がタイル張りであるわりに、部屋の中はやけに暖かかった。衣服を与えられていたおかげではあるが、声が柔らかく響くことからも、それとわかった。部屋全体が生暖かい。気づくと、遠くから聞こえる悲鳴が途絶えていた。

次の部屋の隅に達したとき、セリムは足を止め、深呼吸した。かすかな匂いが鼻につき、喉がしめつけられるのを感じた。清潔に思えたものが、ぞっとする悪魔の存在を暴露する。皮肉としか言いようのない匂い。消毒薬の匂いだ。汚れを消すために使ったとしか思えない。きれいにぬぐい去られた分、よけいに残酷さが際立つ。

闇は途方もなく大きな、なにも映らないスクリーンのようだ。そこに恐ろしい光景が浮かぶ。現実とは無縁な、妄想。人を本気で苦しめようとする者は、こんな手まで使うということか。

真四角な部屋を一周したが、結局タイルしかなかった。

扉一枚見つからなかった。

第44楽章

∫∫ スピリトーソ　元気に

つぎつぎと亀裂が走り、鳴動が宙を満たし、またたく間にシラケシュじゅうに広がった。ずっと心にしまい、いま、新たに翼を与えられた自由が、壁も箝口令《かんこうれい》もつき破った。言葉と想いが重なり、ついに解き放たれた願望と、突如として救済された精神の高揚感が累積されていった。

さまざまな欲求が、隠されていたところから顔をだし、はっきりと見える形で日の光の中に出てきた。おなじ想いを抱く人々が路上に立ち、巨大な群衆にふくれあがって、武力をもってしても長くは抑えられなくなった。埋もれてしまったはずの夢が、じつは母なる大地に抱かれて成長し、不変と思われていたものの重圧を跳ね返そうと翼を広げたのだ。

時が満ちた。シラケシュじゅうで、失われたはずのものが羽ばたき、元気よく大気を振動させた。解き放たれた力は拡散し、すみずみに広がり、もはや捕まえることなど叶わないだろう。『曙光』の最新版の表紙に、尻餅をつき、帽子をぶかっこうにかぶった独裁者の写真が載って、通りに溢れ、茶屋でまわし読みされ、人口に膾炙した。

独裁者は宮殿の前で熱弁をふるい、事態の収拾を図ったが、群衆は沈黙して彼を取り巻くだけだった。独裁者はとうとう失脚した。独裁者を捕え投獄した人々は、だれも武器を持たなかったが、宮殿前広場に溢れかえった人々を前にして、兵士たちは尻込みし、小銃を自分のものではないとでもいうように捨て去った。

この変動の日々、無数の武器が打ち捨てられたが、その前に一発だけ銃声が響いた。路上のヴァイオリン弾きを舞踏会に招き、この事態を引き起こした張本人である副官は己の人生最後の瞬間、語る言葉を持たず、ただひとり、信じられないというまなざしで、寝室の鏡に映った裏切り者をにらみつけ、リボルバーをこめかみに当てて引き金を引いた。

そこからそう遠くない、銃撃で半ば壊れたモザイクの噴水のまわりとアーケードの階段に、無数のカンテラと石油ランプがともされた。アーミナの庭にある独裁者の等身大の像には、数人の住民が梯子をかけ、大理石の手に巣作りしたばかりのハトのつがいを救ってから、ムアッジンの次の呼びかけを待ち、「アッラーの他に神は無し」と告げられるなり、独裁者の像を押し倒し、泥にまみれさせた。

シルシャナの別の場所では、地の底から声がした。学生たちが集い、創作に勤しむ姿があった。彼らも武器は手にしなかった。持っていたのはペンキと刷毛だ。石の円柱に文字が書かれ、その文字は単語となり、単語は文となり、文は詩的な世界像を描きだした。

第45楽章

ピアノ　弱く

闇はつづいた。昼か夜かもわからず、どこにいるかも定かではなかった。彼の運命も闇の中だった。セリムは、閉じ込められて三日が経つと思っていた。そのあいだに六回、床に近いところにある小さな開口部が開けられ、水の入ったペットボトルとパンの切れ端が差し入れられたからだ。朝食と夕食なのだろう。しかしどちらが朝食かわからない。声をかけても、開口部の向こうにいる者は一切反応しなかった。それでもその瞬間だけ、独房にわずかな光が射し込み、その部分の床が照らされた。独房には真っ白なタイルが張られていた。

シラケシュではよく人が消えるという話を、セリムは耳にしていた。その人たちもこういう独房に押し込められているのかもしれない。独房はひとつのはずがない、数百はあるにちがいない。独房は国じゅうにあり、国家が気に入らない者を伝染病患者のように隔離しているのだ。

まだ命を長らえているとはいえ、そんなことはおそらくなんの意味もなさない。銃殺にならなかったし、斬首刑にもならなかったが、だからといって、殺す気がないと結論づけることはできない。予測がつかない状況、希望と希望の粉砕を演出する方法は、独裁者の執行者自身がその結果に驚くほど、とうの昔に磨きがかけられている。不安にくじけまいとして、セリムは目を閉じた。かつて目にした風景の中から、ミリアムがやってきた。彼女の背後には霞がかかっている。シルシャナの浜辺が蜃気楼のようにぼんやり見えた。

「わたしがどうなるか知っているかい?」セリムは彼女にたずねた。しかし思い出に答えられるわけがない。それでも数分待ってうなずいた。「いいさ」と彼女にささやいた。「きみがいてくれれば、それで充分だ」

充分なわけがない。目を開けるとまた不安に襲われた。何もわからない状況に追い込まれたときにつらいのは、それを見抜いたときの方が効き目が絶大だということだ。

セリムが最後に覚えているのは、舞踏会場から別の部屋に引っ立てられたことだけだ。そこは診察室だった。診察台、書類棚、大きな机、摘んだばかりの〝海辺のターバン〟の蕾が水に浮かぶ皿。そこでヴァイオリンを取り上げられた。

「ご婦人はじつにおしゃべりだ。おまえたちを別れ別れにして、それぞれ処置する必要があるな」そう言うと、兵士が小馬鹿にしたような顔つきで、自分の手とヴァイオリンのネックに手錠をかけ、抵抗する囚人を連行するようにわざとらしく部屋から出ていった。

長くは待たされなかった。白衣の男がやってきて、定例の問診でもするようにアレルギーはないか、服用中の薬はあるか、病歴はどうかとやさしくたずねた。それから医者はなんの説明もせず、彼の腕に注射をした。あっという間に気を失った。

セリムは袖の中に手を入れてみた。民衆の首を切り、路上を血の海にすることも厭わぬ政府が、彼の注射の痕に小さな絆創膏を貼っていた。

第46楽章

∫∫トランクイッロ　穏やかに

「頭がおかしくならないように、めちゃくちゃおかしなことをしました」と、セリム。彼の声にはかすかに皮肉がこもっていた。

「おかしなことをした？　闇の中で？」

「ヴァイオリンを演奏したんです」

「ヴァイオリンを？」

「ええ。独房の中を歩きまわりながら、腕を上げ、ヴァイオリンを弾く素振りをしたんです。そして心の中で曲に耳を傾けました。闇の中の方が、日のあるところよりも簡単でした。どうせ他にすることもありませんでしたし。そうやって不安をかき消したんです」

「大変な日々を過ごしたんだな」

セリムは強く首を横に振った。

「いや、ものすごい幸運に恵まれました。その闇から出たとき、本当にひどいことは我が身に降りかからなかったことを知ったんです。あるとき、開口部の向こうで妙な物音が聞こえました。それから壁に隠されていた扉がひらいて、わたしは突然、目を開けていられないほど明るい場所にだされました。しばらくして目を開けると、そこに人影がありました」

「兵隊か？」とイブラヒム。

「いいえ」とセリム。「年老いた女性でした」

第47楽章

アダージョ　落ち着いてゆっくり

降りそそぐ光の中、その老女はゆっくり彼のところへ歩いてきた。灰色の服を身にまとい、動きが鉛のように重く緩慢だった。彼が怯えて一歩あとずさると、落ち着けと身振りで示し、ただそれだけでもしんどいのか、すぐ腕を下ろした。彼女は彼の前にたたずんだ。彼は老女の蒼白い顔を見つめた。目が悪いようだ。

「ヴァイオリン弾きはおまえさんだね」老女はささやいた。

「ここは？」

「自由になったんだよ」

老女は彼の顔を見つめ、言葉をさえぎるなにかを飲み込んだ。

「自由だよ」老女がまた言った。「そうは見えないかもしれないけど」

すばやい腕の動きで独房を指し示すと、また腕を下ろした。扉のところに、さらに数人の人影があらわれた。寡黙で、灰色だった。

「なにがあったんだ？」セリムはたずねた。

「看守は逃げた。ひとり残らず」

老女はくすくす笑った。しかし満足そうでも、うれしそうでもない。

「所長のところに電話がかかってきた。それからは大騒ぎさ。看守たちは駆けまわり、書類やなにやかやをかき集めた。それから制服を脱ぎ捨てて、普段着に着替えた。数分後、全員姿をくらまし、すべての扉がひらかれた」

老女は短い間を置いた。

「すべてさ。おまえさんの独房を除いて」

セリムは扉を見つめた。廊下には灰色の人々がどんどん集まってきた。

「おまえさんがここに連れてこられたとき、看守の連中はよくしゃべった。宮殿での舞踏会とヴァイオリン演奏。げらげら笑ったもんさ。しかし今日、電話がかかってきてからは、だれも笑わなくなった。おまえさんの音楽は政府転覆の元凶だからおまえさんの独房だけは閉めておくように、と所長がじきじきに命令した」

セリムは黙って老女を見つめた。言葉を探したが、見つからず、ただうなずいた。

「司令塔でマスターキーを見つけて、やっとおまえさんの独房の扉を開けたというわけさ、ヴァイオリン弾き」老女は言った。「しかし鍵を探していたとき、困ったことがわかった。看守たちは逃げるときに電話回線を破壊していったんだ」

「それが問題なのか?」セリムはたずねた。

「まあな」扉のところに身をかがめながら立ち、ドア枠をしっかりつかんでいた男が言った。男は片耳がなく、顔に無数のみみず腫れができていた。

「あんたは久しぶりの新入りだ。他の囚人は何ヶ月もこの流刑地に押し込められていた。たいていは何年もな。手を貸さなければここから出ていけない、死にかけた連中ばかりなのさ」

「ここはどこなんだ?」

「砂の中だ。この収容所は砂漠の中にある」

男は灰色の囚人服の袖を口に当てて咳をした。

「看守たちは輸送機に乗り込んで、姿をくらますために海を越え、大陸に逃げた」男は吐き捨てるように言った。

「この独房を出る前に言っておくことがあるんだ、ヴァイオリン弾き」老女は言った。「この闇は、外の光景よりもはるかにましだということさ」

「わかった」セリムは答えた。

「では行こうかね。ついておいで」

「ついていく？　どこへ？」

「特別房だよ」

第48楽章 ∫∫ アダージョ　落ち着いてゆっくり

セリムと老女と片耳のない男は、拷問室が並ぶ長い廊下を進んだ。そこは黄泉の国の前庭、人間の想像を絶する深い溝だ。

　ここで流された涙や血や汚物が、床の隅々にしみ込んでいた。人のなれの果ても置き去りにされていた。もはや人とは思えない肉塊が独房の中に横たわっていた。他の囚人が冷たい蛍光灯に照らされた通路に集まっていた。つぶれた顔、かさぶただらけの手、毛を剃られた頭。壁伝いに並ぶ独房は狭く天井が低く、押し込まれた者たちは立つことはおろか、しゃがむこともできない有様だった。独房の中には、鉄製の器具や血に染まったタイルや水を張った大きな桶が置かれているところもあった。

四十号房の前でセリムたちは立ち止まった。

「お入り」片耳のない男が扉を開けると、老女は言った。セリムはゆっくりとその薄暗がりの中に足を踏み入れた。

「だれもいないけど」セリムは言った。

「ああ、そうさ、ヴァイオリン弾き。ここに入れられていたものは、もういない」

「だれだったんだ？」セリムは胃のあたりがもやもやした。

「よく見るといい」背後の男が言った。

なにかが寝台に置いてある。薄暗がりの中、それは壊れたムチのように見える。セリムは足を一歩前にだした。さらに近付いてみて、それがなにかわかった。マットレスの上に置いてあったのは弓だった。弓は折られて、弓の毛が一方に引き抜かれていた。

「わたしのヴァイオリンをここに閉じ込めていたのか」セリムは寝台から目をそらすことなく訊ねた。「いまはどこにある？」

「連中が持っていってしまった。輸送機から誰が海に投げ捨てるかで言い争っていた」片耳のない男が言った。「いつかそのヴァイオリンが崇拝の対象になると思っただけで、我慢ならなかったんだろう」

セリムはそっと弓を手にして、独房から出ると、扉を閉めた。それから考え込みながらその扉を見つめた。老女が同情するように彼の肩に手を置いた。

「ここに閉じ込めたのはヴァイオリンだけではないようだ」セリムは言った。

「どういうこと?」老女は訊ねた。

セリムは扉に書かれた番号を指差した。

「囚人四十号。わたしが宮殿で演奏した曲の作品番号だ」

老女はしばらく黙ってその数字を見つめた。

「砂漠を見てみるかい?」片耳のない男が訊ねた。

セリムは扉から目を離してうなずいた。三人は通路を進み、金属の扉をくぐって外に出た。中庭は太陽に焼かれていた。そこには断頭台以外なにもなかった。高いコンクリート壁の上には有刺鉄線が張りめぐらされ、開け放たれた大きな門の上に大きなガラス窓のある司令塔が船のブリッジのようにそびえていた。門の外には、砂地に伸びる滑走路が見えた。

片耳のない男は司令塔に通じる梯子を指差した。老女が促すようにうなずいた。

「わたしにはのぼれない。行っておくれ。おまえさんの弓を預かろうかね。ここにすわってこの役立たずな自由を拝むとするよ」

老女はひとり正門を抜けて砂地に足を運んだ。

セリムは、あえぎながら梯子をのぼる片耳のない男についていった。

塀の内も外も惨憺たる光景だった。内側には無数のバラックと大きなホールとコンクリート敷きの広場があった。外側の砂漠よりもはるかに殺伐としている。外側には滑走路以外なにもなく、地平線まで砂地が広がっていた。

「それが外部との連絡用だった」そう言うと、男は破壊された箱を指差した。「だが見せたいものが他にもあるんだ。ここを探ったとき、目にしたのは俺以外はふたりの男だけだ。他のみんなにいう勇気がなかった」

男は壁に固定された大きな掲示板の前に立った。セリムもそこに近寄って、そこに描かれた地図を見た。そこには収容所と砂漠しかなかった。

「わかるか?」片耳のない男は現在地の北に記されたマークを指差した。「だいたいの距離を検討してみた。だがわれわれでは、そこまで辿り着けそうになかった」男はセリムを見つめた。「あんた以外はな。あんたがやってくれると言うなら、このことをみんなに言おうと思う。一縷の望みができるからな」

「相当遠いのか?」

「だろうな。だが体力さえあれば」

セリムはうなずいた。

「はたしてここに迎えが来るかどうか。もしだれも来なければ……」

「わたしが行こう」セリムは静かに言って微笑んだ。「電話をかけたい人がいる」

「女か?」

「ああ。ミリアムというんだ」

「連中に存在を知られているのか?」

セリムは地下貯水池で役人がミリアムの素性を訊ねたことを思いだし、うなずいた。

「なら、電話はかけない方がいいな」

「なぜ?」

「外がどんな状況かまったくわからない。どんな国家機構も一夜にして消えるということはない。その女が国賊一号の恋人なら、電話が盗聴されている可能性がある。電話をかければ、あんたが自由の身になったことがばれてしまう。そしてどこにいるかもな。危険にさらされるのはその女とあんただけじゃない。あんたをかくまった人間は全員危ない。俺たちが電話をかけられるようになったら、そのミリアムという人に連絡する。電話番号を教えてくれ」それから少しためらってからこうつづけた。「あんたが砂漠から出られずに終わっても、だれかがここへ来て、俺たちを解放したら必ず連絡する」

セリムはうなずいた。引き出しにあったノートとペンとコンパスと、棚にあったクッキーのパックと数本の水を軍用背嚢に詰めた。それから果てしない砂漠に最後の一瞥をくれて、ふたりは梯子を伝い下りた。

「わたしの弓を預けておく」老女にそう言うと、セリムは出発した。

「あの人はどこへ向かった?」ヴァイオリン弾きが蜃気楼の向こうに消えたとき、老女が訊ねた。

「死地へ向かったよ」片耳のない男は言った。「あるいはマスクランという小さな村へ」

第49楽章

∫∫ フォルテピアノ　強く、ただちに弱く

はじめのうち、セリムは果てしない砂漠を必死になって歩いた。夜中もたゆまず歩きつづけた。時間を無駄にしたくなかったからだが、日中の熱気を甘く見て、早くも水を飲み干してしまったからでもあった。小休止するときでも、しゃがむだけにして、あたりに目を光らせた。眠ってしまうことと毒蛇に襲われることを恐れたからだ。

歩くうちに忘我の境をさまよい、おかげで恐怖は薄れ、最悪の事態から守られた。しかし砂丘をいくら乗り越えても、希望は見いだせず、また新たな砂丘があるだけだった。セリムは司令塔で見た地図を信じ、度を超したことをするのは人間の性で、自然のすることではないと思いつづけた。だから、いつか砂漠は終わるはずだ。

だが、そのうち自信がなくなった。

なにもない砂漠や空虚な人生で方向を見失うと、人は堂々めぐりをしがちだが、コンパスのおかげで避けることができた。しかし、どのくらい歩いただろう。これから辿る道程がこ

れまで歩いてきた距離よりも短くなければ、望みは絶たれる。なぜなら、来た道のりを戻る気力はもう残っていなかったからだ。

セリムはあえぎながら立ち止まり、真っ赤に焼けた両手を見つめた。太陽に頭を焼かれ、幻覚を見るようになっていた。たとえば自分の指の肉がぐつぐつ煮えたぎってとろけ落ち、骨だけになるというような。そういえば、カミーユ・サン＝サーンスは、死神が指の骨でヴァイオリンを奏でるところを、どのようにイメージしていたのだろう。セリムは指の骨で押さえた弦が甲高い音をたてるところを想像した。

わたしの両手、とセリムは思った。これを失えば、すべての可能性が消える。自分を表現し、伝える力、ヴァイオリンを演奏する能力がなくなるのだ。ミリアムに触れることもできなくなる。

セリムは熱砂にすわりこんで、収容所ではかされていた靴を脱いだ。くそっ、靴下をはいていない。彼は両手を靴につっ込んだ。裸足で砂地を進むのは危険を伴う。いつサソリや蛇を踏むかわからない。そうなれば数分であの世行きだ。収容所にいるみんなも待ちぼうけをくらうことになる。それでも手を守るべきか……。彼が靴に手を入れたとき、なにか音が聞こえた。

そう遠くないところを、一機の小型ヘリコプターと四機の大型輸送ヘリコプターが飛んでいるのが見えた。目をすがめて見ると、機体に紅い三日月のマーク（イスラーム諸国で赤十字社に相当する赤新月社のマーク）がある。ヘリコプターの編隊は収容所へ向かっていた。

もうすぐ助かる、とセリムは思った。死が支配する場所で生還のときを待つ人々が救助される。これで自分の指も助かる。両手を靴に入れたまま、うめき声を上げて体を起こした。むきだしの足が熱砂に焼かれた。一歩踏みだすごとに砂に足を取られるので、なかなか先に進めなかった。セリムは半ば目を閉じていた。周囲がぼんやりとしか見えない。砂漠全体が蜃気楼と化したかのようだ。

「ふざけるな」セリムはささやいた。「おまえはサハラ砂漠じゃない。ずっと小さく、果てがある。おまえの武器は砂と毒蛇だけだ。しかし、わたしが行くところに毒蛇がいるとは限らない。砂漠よ、おまえはそれほど小さくはないからな。毒蛇と出くわさないくらいには広く、横切ることができるくらいには小さいんだ」

セリムは、サソリと鎌首をもたげたガラガラヘビが居並ぶ中、ヴァイオリンを弾きながら歩くところを思い描いた。砂漠の向こうにミリアムが立って待っている。そこへ行き着きさえすればキスすることができる。ゆっくり両腕を上げ、空想の中のヴァイオリンを演奏した。軽快なワルツ。音のないメロディが心の内から湧きあがり、見えない楽器を響かせる。おかしいぞ、ネックをつかんでいるはずの指がうまく動かない。どうして弓をしっかりにぎれないんだ。なんということだ、手に靴がはめてある。こんなことをしたのはだれだ。セリムはわけがわからず首を横に振った。それが本当に靴なら、足にはいた方がいい。靴はそのために発明されたのだから。

セリムは膝をつき、腕で砂地をかいた。なんだ、こうやれば進める。よし、這っていくぞ、砂漠よ。おまえはそれが降伏の徴だと思うだろう。だが勝ったと思ったら大まちがいだぞ。わたしは負けない。身をかがめる者には用心するがいい。なぜならそれは、不屈の精神を意味するからだ。セリムは狂ったようにくすくす笑った。

「ヘビとサソリ、そこをどけ」セリムはそうささやいて腕を振りまわし、地平線を見つめた。「わたしはキスをするんだ」

第50楽章

アンダンテ　歩く速さで

「話の途中にすまん」

イブラヒムはさっきから腰かけにすわったまま腰をもぞもぞさせていた。腰を上げると、羊の群れのそばを通って夜の闇の中へ少しだけ入っていき、立ち止まって砂漠を眺めた。

セリムの話を聞いているうちに、小屋に担ぎ入れたおり、セリムがうわごとのように言ったのはミリアムではなく、ヴァイオリンだったのかもしれないと思いはじめたのだ。実際、独房に押し込まれていた謎の囚人はヴァイオリンだった。しかしセリムが解放されたとき、ヴァイオリンはもうそこにはなかった。セリムはヴァイオリンを持たずに砂漠に入った。

そして、ミリアムも連れていなかった。それとも、だれかから電話をもらったミリアムが、愛するあまりセリムを迎えにでて、砂漠で出会ったとか。

イブラヒムは遠くを見つめた。月の光を浴びて砂漠は謎めいていた。数千年の長きにわたって孤独が集積されてきた場所だ。砂漠では、マスクラン村に暮らす人々には及びもつかないほど多くの物語と運命が語られてきた。

あることに気づいて、イブラヒムはセリムのところへ戻った。

「おまえさんのミリアムだが、その砂漠の収容所にはいなかったのかね?」

「ミリアム?　いませんでした。どうして?」

第51楽章

アージレ　軽やかに

ミリアムは裸足で砂を踏みしめ、砂粒が足指のあいだから浮きでてくるのを見つめた。砂は屈服することがないのよね、と彼女は思った。砂はつねに抜け道を見つける。亀裂、隙間、思いがけない抜け道があるものだ。砂はじっとしているように見える。絶えず動いていることをうっかり忘れそうだ。ミリアムは足裏に熱を感じた。まるで大地が生きているようだ。

「わたしを飲み込まないで」ミリアムは無数の砂粒に向かって言った。「お願いだから、わたしを支えて」

ミリアムはおそるおそる歩きだした。死ぬしかないのなら、歩きながら死にたい。大事な使命を果たす途上、その道が鎌でいきなり寸断されたかのように。ちょうどシルシャナの屋根の上を歩きながら音楽を奏でたアリフ老人のように。死神には責任を感じてもらわねば。

しかしミリアムはもちろんまだ死ぬつもりはない。生きたいと思っていた。セリムのために。これからふたりを待っているはずのあらゆる可能性のために。ふたたび目覚めつつあるシラケシュ、そこで暮らすふたりの未来のため。夢のような遠出がしたい。古い地下貯水池やアーミナの庭へ、紫色に染まる朝焼けの中へ。

すでに日が翳っていたが、日中の熱気がまだ空中に淀んでいた。風が吹いて、少し過ごしやすくなり、ミリアムの想いが凧のように舞いあがった。セリム、セリム、セリム。ずっと昔、あなたはわたしを地下貯水池の支柱に押しつけてキスをした。あなたはそれを詩だと言った。でもわたしたちは、その詩の出だししか書けなかった。十七年ものあいだ未完のまま。でも、これから完成させられる。あなたの道はいま、灼熱の砂漠の中へとあなたを導いた。しかし運命がわたしたちをいかに分かとうとも、わたしたちはきっとお互いの道が重なる場所を見つける。ちょうどいまのように。わたしたちが互いを見失うことがないことを、運命にもそろそろわかってもらわなくては。

はるか彼方からヘリコプターが空を切る音が近づいてきた。だが暗すぎてなにも見えない。ミリアムは空を見つめた。一番星が見える。足元の砂粒と変わらない小さな光点。そこから目を離すことなく、天空を見つめながら歩きつづける。闇が宇宙を覆い尽くすことなんてできるものか、とミリアムは思った。暗くなればなるほど、星は輝きを増し、夜はみずから瓦解する。セリムもいま空を見つめているだろうか。ふたりとも、お互いのいるところを目指して歩いているのだ。星を頼りに闇夜の海を航海した昔の船乗りのように、目標は不動だと確信して。

風が強くなった。しかしミリアムは道をはずれることはなかった。そのまま裸足で歩きつづけた。目を下に向けることなく。だから、数歩先の砂地で待ち構えているものに気づかなかった。

「セリム、どこへ向かおうと」ミリアムは静かに言った。「わたしはあなたに近づいているはず」

風が嵐のように巻いたので、ミリアムは歩きながら目を閉じて微笑んだ。

第52楽章

∫∫ アダージョ　落ち着いてゆっくり

「おまえさんがどうやってここに辿り着いたか覚えているかね？　男衆に手伝ってもらっておまえさんを小屋に担ぎ込み、クッションに横たえた」イブラヒムは言った。

「よく覚えていません」セリムは答えた。

「無理もない。砂漠の熱でおまえさんの感覚は麻痺していた。ほとんど意識がなく、そのあと、こんこんと眠りつづけた」

「ああ、そうでしたね。収容所では眠れませんでした。砂漠を渡っていたときは、毒蛇が恐くて眠る勇気が出なかったんです」

「しかし眠る前にうわごとを言った」

「うわごと？」

「ミリアムのことを訊ねた。彼女はどこだ、と」

セリムは目を細め、湯気を上げるチャイのグラスを見つめ、ランプの精を呼びだすときのようにグラスを両手でこすった。

「あのときのうわごと」イブラヒムはそう言いかけて、言葉に詰まった。「いっしょに砂漠を横断してきたからじゃない。彼女がここに来ていると思って言ったんだな？」

「いっしょに砂漠に囚われていた者たち。彼らがとっくに連絡をしたはずです。わたしがマスクラン村に向かっていると。懲罰収容所へ向かうヘリコプターのことは話したでしょう」

「ああ、聞いた」イブラヒムはうなずく。「だがおまえさんがここに来たときは、物語を持たないよそ者で、うわごとしか言わなかった。わたしたちは心配になって、その夜のうちに村の衆が捜索に出た」イブラヒムは地平線に見える砂漠を指差した。「三日間、砂漠を探しまわった。村の衆が戻ったとき、わたしはますます心配になった」

セリムは立ちのぼるチャイの湯気から目を上げ、老いた羊飼いの目をまっすぐ見た。瞳の中で無数の亡霊が踊っていた。

「心配になった？」セリムは小声で訊ねた。「砂漠でなにか見つけたんですか？」

第53楽章

∫∫　エスプレッシーヴォ　表情豊かに

目を閉じて、宇宙を駆けめぐる。

髪の毛が風に乱れ、衣服が体に張りつく。彼女は両腕をそのまま下ろした。天を仰ぎ、吹きすさぶ冷たい風の流れに身を委ねる。息を飲むようなすばらしさだ。いろいろなものを抱えているのに、なんて軽やかで、途切れることのない旅なのだろう。この数日の嵐がなにかを吹き飛ばしたとしたら、それは彼女の千々に乱れた心だ。砂地を歩き、風に包まれているいま、もう迷いはなかった。

ミリアムは、囚人の足かせのようにずっと両足にくっついている大きな球体につま先を埋めた。どこへ行こうと、地球を引きずって歩くしかない。巨大な地球が足にくっついていることはわかっていたが、子どものときから、どうしても宇宙を飛んでみたかった。だがいまわかった。ずっと前からそうしていたんだ。両腕を翼のようにゆっくりと左右に上げた。しかしやがて安定が悪くなった。彼女は満足して微笑んだ。心の中で、セリムに深く感謝した。ふたりのけっして破れることのない変わらぬ愛にも。ふたりの縁《えにし》を全うするために、ミリアムはいま砂地を歩いているのだ。老女は電話でセリムの名を口にしなかったが、だれのことを言っているのかすぐにわかった。もうすぐ彼に会える。

つま先が砂に埋もれているなにかにぶつかった。彼女は足を止めてゆっくり目を開け、星から目を離してシラケシュの浜辺を見下ろした。夜遅いこの時間には、浜辺に人影はない。波が打ち寄せ、また夜の海に戻っていく。波の音にまじって、ヘリコプターの風切り音がどんどん大きくなる。足下にあったのは流木ではなかった。

ヴァイオリンだ。

砂に半ば埋まっている。しばらく前に打ち上げられたようだ。海水が染みて、壊れかけ、表板と横板のあいだに隙間ができている。ミリアムはしゃがんで、その楽器をそっと砂から抜いた。胴体にたまった砂をその隙間から落とした。いっしょに木片が落ちた。彼女はそれを拾うと、服のポケットに入れた。それから立ち上がり、その隙間からヴァイオリンの中を覗いた。

ヴァイオリン製作証明書は水でふやけてしまい、はずれかけている。暗くて読み取ることができないが、すぐにわかった。アリフのヴァイオリンだ。セリムの名を口にしようとしたが、声が出なかった。ただそこに棒立ちになり、茫然とヴァイオリンを見つめた。きっと運命が、どんな可能性があるか試すために、それを彼女の足下に打ち寄せたのだ。

風がさらに激しくなった。白い小型ヘリコプターが近づいてきて、浜辺に着陸した。ミリアムははっと我に返り、ヘリコプターの方へ走った。スライドドアが開いて、老女が彼女を手招きした。

「ミリアム」

ヘリコプターの音に負けじと大きな声を張りあげた。

ミリアムはうなずいた。老女が微笑んで、ヘリコプターに乗るように合図した。

「さて、ひとっ飛びしようかね?」

第54楽章

∫∫ラングエンド　嘆き悲しんで

　眼下を地上の光が流れていく。動きを止めた星の海のようだ。ミリアムはそれを見て少し驚いた。頭上に本当の天空が広がっている。ヘリコプターは星しか存在しない世界を飛んでいた。シルシャナの輝くモスク群が下にある。ヘリコプターが空高く上昇すると、町や村の明かりがずっと地平線までつづいているのが見えた。

「セリムは元気だよ」ミリアムはヘッドホンに響く老女の声を聞いた。「パイロットが収容所へ向かっていたとき彼を見かけた。村のすぐそばにいたという話だ」老女は手をミリアムの肩に置いた。「彼の居場所を電話で教えてあげられなくて悪かったね。赤新月社の医師から、言わない方が得策だといわれたのさ」

「十七年ものあいだ別れ別れだったのだもの、数日我慢するくらいなんでもないです」ミリアムは口元のマイクに向かってそう言うと、笑みを浮かべた。しかし表情は真剣なままだった。「砂漠では、わたしのタクシーになるよりも先にやるべきことがあったんでしょう」

「ありがとう。じつはそうなのさ。収容所には体や心が傷ついた人がたくさんいて、介抱する必要があった。多くの人が一刻も早く収容所を離れ、家族の元に帰りたがった」老女はミリアムを通り越して夜の闇を見つめ、口をつぐんだ。

目が悪いんだ、とミリアムは思った。それからこの人だって、引き離された家族の元へ急いで帰りたいのに、赤の他人であるふたりを助けるために、わざわざシルシャナに寄ってくれたのだと気づいた。

「あなたは？」ミリアムは訊ねた。「あなたを待っている人がいるんでしょう？」

「そうだね」老女は静かに言った。「わたしを待っている人がいる。でもあの人は、まだそれを知らない」

「どういう意味？」

「わたしの夫さ。夫は、わたしが射殺されたと思っている」老女はごくんと唾を呑み込んだ。「自宅の前で」

ミリアムは驚いて遠くを見つめ、言葉を探した。

「ご主人には電話をしたんですか？」

「電話口で蘇るのかい？」老女は首を横に振った。「夫がそのことを知るとき、わたしはそばにいたい」

「それなら、ここでなにをしているんですか？」ミリアムはささやいた。「わたしのことなど構わず、ご主人のところへ早く帰ったらいいのに」

「心配しなくて大丈夫」老女はそう応えて、やさしく微笑んだ。「供を必要としている者がいるとしたら、それはわたしの方さ。わたしたちはお互い伴侶のところへ向かっている」

第55楽章

ストレット　だんだん緊迫して速く

「砂漠にはなにもなかった。勘ちがいだとわかってようやくほっとしたよ」イブラヒムは笑った。

「いらぬ心配をかけてしまって申し訳なかったです」セリムはそう応えた。それからふたりはいっしょにチャイをすすり、夜の牧場にいる羊の群れを眺めた。

草地には日中かぐわしい匂いを放つ春一番の花が咲いている。あたり一面花の世界だ。色とりどりというだけではない。まだまだこの世界が多彩になる余地があるという証だ。だが月の光の下でも、花はすでにさまざまな色合いで光っている。闇の中でも個性をだそうとしているようだ。

光のないところでも、色彩はその色を見せるときを待ち焦がれ、そのときが来ることを望んでいるんだ、とセリムは思った。

「シルシャナの浜辺に行ったことは?」セリムが訊ねた。

「一度もない」とイブラヒム。「はっきり言えば、この村から遠く離れたことはない。交通手段はマリカがいつも町に教えにいくときに利用していたバスしかない。ロバに乗ったのではそう遠くへは行けないだろう」

「たしかに」セリムは笑う。「たしかにそうかもしれないですね。だけど、その町にはきっと首都行きの列車が通っているはずです。ぜひ訪ねてきてください」

「それは光栄なことだ」とイブラヒム。

それからふたりはすわったまま、時が過ぎるにまかせた。目の前の焚き火が消えかけていた。そのときふいにセリムが顔を上げた。

「夜中にヘリコプターがマスクラン村にやってくるなんてこと、これまでにありましたか？」

「ヘリコプター？　いいや。なぜかね？」とイブラヒム。だがすぐに、彼もローターブレードの風を切る音に気づいた。

セリムは砂漠で見かけた小型の白いヘリコプターが夜空に浮かんでいるのを見つけた。ヘリコプターが近くに着陸したとき、ふたりはチャイのグラスを持って立ち上がった。

スライドドアが開いて、女性がふたり降り立った。

ふたりが近づいてくるのを見て、セリムは目を疑った。だれかわかった。収容所にいた老女は折られた弓を手にし、ミリアムはヴァイオリンを持っている。まさか、とセリムは思った。だがそれから、セリムの想いと心はミリアムで溢れかえった。

そのため、老女が突然、涙を流し、横に立っていた羊飼いがチャイのグラスを落としたことにまったく気づかなかった。

第56楽章

∫∫ アモローソ　愛情に満ちて

ミリアムとセリム。マリカとイブラヒム。四人はズボンをたくし上げて、素足でシルシャナの浜辺を散策しながら、ココナッツをつついて食べていた。〝海辺のターバン〟が咲いている。ココヤシの先端部では葉がゆっくり揺れている。数人の子どもが歓声をあげながら波打ち際に向かって砂浜を走っていた。彼方に見える二隻の漁船が網を引き上げている。カモメが空を舞い、ふたりの男の手にあるココナッツを物欲しそうに眺めていた。

この数週間でマリカの目が少し回復した。きっともっとよくなるだろう。彼女はときどき足を止めては、貝や千切れた海藻を拾い、見つけたものをためつすがめつ眺め、そっと撫でてからまた砂浜に戻した。イブラヒムはマリカと並んで歩きながら、数分ごとに彼女の背中を撫でている。セリムはミリアムの肩を抱いていた。一歩足をだすたびに肘の内側に彼女の動きが感じられる。あいている方の手には割ったヤシ殻を持っている。ミリアムがときどきココナッツを楊枝で刺して彼の口に入れた。

「ちょっとわたしたちだけになってもいいですか?」ミリアムが立ち止まって訊ねた。セリムは驚いて彼女を見た。マリカとイブラヒムはそのままゆっくり歩いていった。それからミリアムがセリムの腕から離れ、ズボンのポケットからなにかをだしてしゃがんだ。セリムはどきっとして、それから笑い声をあげた。

「なにをしようとしているのかわかった」

「当然よね」そう言って微笑むと、ミリアムは砂にハートのマークを描いた。

「なにで描いたんだい?」セリムは訊ねた。ミリアムは立ち上がって、彼の手をつかんだ。セリムは手の中になにかあることに気づいた。

「大事にして」ミリアムは手を引いた。セリムは自分の手を見た。そこには円筒形の木片があった。

ミリアムは腕を引いて、頭を彼の肩に乗せた。

「行きましょう。いっしょにどこまでも」

余韻

∫ ピアノ　弱く

年老いた男は家の前の庭で薪割りをしていた。慣れた手つきで割っていく。まるで生きているあいだずっと薪割りをしてきたかのようだ。

だがアッラーは偉大であり、どこにでもいる。

この男の庭にも。

新しい風が吹いた。暖かいそよ風が草地を越えて家の方へと吹いてきた。草海原にさざ波が起きた。木の葉がかさかさ鳴り、鳥が数羽、さえずりながら梢から飛び立ち、風に乗って不思議なダンスをはじめた。

男は手を休めると、目を閉じて顔に太陽の光を浴び、バッタが奏でる音に耳を傾けた。額には玉の汗が浮かんでいる。もっと薄手のものを身につけることにした。

男はまた薪割り台に薪を立て、斧を振りあげて一撃でまっぷたつに割った。割れた薪は音を立てて地面に落ちた。それから家に入り、シャツを脱いでTシャツに着替えた。

男が春の日差しの中に戻ると、割ったはずの薪が元どおりになって薪割り台に載っていた。その前にひとりのよそ者が立って、年老いた男を見ていた。

「やあ、父さん」そう言って、よそ者は微笑んだ。

「ここは数ある宝物庫の中でもひときわ価値のあるものです」そう言って、臣民は“内なる谷”を指差した。

「宝など、なにひとつ見えぬぞ」貪欲なスルタンは文句を言って立ち去った。

「だからでございます」臣民はささやいた。

シラケシュの伝説より

アラブ名の意味

セリム　息災、健全
アリフ　博学な、経験豊かな
イブラヒム　ヘブライ語の名前アブラハムのアラビア語名。「多くのものの父」の意。貧困の暮らしをしていたラザロは、のちに「アブラハムのふところ」で憩うことができたが、ラザロに食べものを恵もうとしなかった名もなき金持ちは、生前によいものを受けたため、地獄に落ちた。ラザロは新約聖書中の人物。
マリカ　女王、天使
ジャミラ　美しい、高貴な
イサド　幸運をもたらす者
ナジーム　星、男性の名。「ビント・ナジーム」は「ナジームの娘」の意
アーミナ　安心。平和の女。イスラーム教の預言者ムハンマドの母の名もアーミナ

参考文献

Klaus Osse『Violine. Klangwerkzeug und Kunstgegenstand』

Michael Stegemann『Camille Saint-Saëns mit Selbstzeugnissen und Bilddokumenten』（ミヒャエル・シュテーゲマン『大作曲家 サン＝サーンス』音楽之友社）

Sourène Arakélian『Die Geige. Ratschläge und Betrachtungen eines Geigenbauers』

Eduard Melkus『Die Violine.』

Albert Berr『Geigen Originale, Kopien, Fälschungen, Verfälschungen』

Walter Kolneder『Das Buch der Violine』

Julius Kapp『Niccolò Paganini』

Edward Neill『Niccolò Paganini』

訳者あとがき

ドイツの作家アンドレアス・セシェの『蝉の交響詩』をお届けします。この作品はずばり音楽小説です。ぼくは個人的に音楽小説が大好きです。作中で話題になる曲を実際に聴きながら読書をするというのは、じつに乙なものです。

日本文学にも音楽小説として記憶に残る小説が多くあります。個人的な好みで挙げると、佐藤多佳子『サマータイム』、平野啓一郎『葬送』（ともに新潮社）、奥泉光『シューマンの指』（講談社）、恩田陸『蜜蜂と遠雷』（幻冬舎）など。この四作の共通項はピアノです。個人的印象ですが、音楽小説というとピアノが主題になることが多いような気がします。やはり音域が広く、多彩な表現が可能なピアノ、しかも演奏者は個人が際立つということで、物語にもしやすいのでしょう。

ぼく自身も過去にドイツの音楽小説を二作翻訳しています。ラルフ・イーザウの『緋色の楽譜』（東京創元社）は、人を洗脳できるという人類最古の楽譜をめぐる事件にフランツ・リストが絡む物語です。それからフレドゥン・キアンプールの『幽霊ピアニスト事件』（東京創元社）は、第二次世界大戦直後に死んだふたりのピアニストが幽霊になって現代によみがえり、一騒動起こすというミステリータッチの物語です。どちらもやはりピアニストが物語の牽引役です。

しかし今回は、ヴァイオリンが主役。冒頭、浜辺に打ちよせられるヴァイオリン。なぜそのようなことになったのか、それが詩的な美しい文章で綴られます。作品自体が序曲と五十六の楽章および間奏からなる楽譜仕立ての構成で、それぞれにその内容と呼応する演奏記号が付されています。アダージョ（落ち着いてゆっくり）、アンダンテ（歩く速さで）、ラングエンド（嘆き悲しんで）など、各楽章の演奏記号をもとに訳文のリズムや言葉遣いを工夫してみました。音楽と同じようにこの訳文も音になって真価を発揮してくれればいいなと思っています。ぜひ音読してみてください。

さて、著者を紹介しておきましょう。セシェは一九六八年、ドイツのラーティンゲンに生まれ、マールブルク大学で政治学、法学、メディア学を専攻したあと、大手雑誌社グルーナー＋ヤール社で十二年ほどジャーナリストとして活躍し、それから作家として独立しました。最近、『Leuchtturmmusik（灯台の音楽）』という四作目の小説を発表しました。

日本で最初に翻訳されたのが、ぼくが訳した『囀《さえず》る魚』で、本の虫の主人公がアテネの町の不思議な本屋に迷いこむ、本を主題にした幻想的な物語です。次は松永美穂さんが翻訳を手がけた『ナミコとささやき声』（ともに西村書店）です。こちらはデビュー作で、京都の庭を探訪するためにやってきたドイツの若者の話です。著者自身がモデルといっても間違いはないでしょう。そして本作は三作目にあたります。

この三作を通読すると、著者の世界観と繋がるキーワードがいくつか見つかります。たとえば蝉、庭、島、浜辺です。

「蝉」は『ナミコとささやき声』でも何度も言及されますし、『囀る魚』には「古代ギリシア文学で雄弁と歌の象徴とされた蝉が絶え間なく鳴いている」という表現があります。「蝉」と音楽のつながりが見えてくるでしょう。

『ナミコとささやき声』で重要な主題となっている「庭」も、本書で別の変奏を味わうことができます。それが「砂漠」の対極にある「アーミナの庭」で、楽園に通じるでしょう。

「浜辺」は空想世界としての「海」と現実の「陸」の境界として、『囀る魚』ではユニークな描写があります。また楽園のイメージを合わせもつ「島」は『ナミコとささやき声』から本書へとつづくものです。

しかし本書の架空の島国シラケシュの現実は「楽園」とは真逆です。本文ではこう語られています。「なにひとつ隠しごとなどせず、来る者を拒まない日常。青空の下、あけっぴろげに営まれ、だれもがその目撃者になる暮らし。シラケシュにはそんな気の許せる人付き合いがあった。まさかそのシラケシュが全体主義の国になるなんて、だれが想像できただろう」

そういう独裁に対抗する武器となるのがヴァイオリンです。主人公の師匠がこういっています。「おまえの内なる宇宙の星位だよ、少年。おまえの人格を作る処方箋だ。ヴァイオリンには好きなだけ手を加えられる。だが改善できるのは響きだけだ。しかし音楽、それはおまえ自身の中から湧きでるものだ。どんなやり方にせよ、おまえの中で混ざり合ったものだ。なぜならそれこそが、おまえがヴァイオリンに注ぎ込むプロセスの結果だからだ。おまえの内なる編曲だ」

大きくて重いピアノと違って、持ち運びが容易いヴァイオリンはまさに神出鬼没。この楽器を使って自由のために戦う主人公をぜひ応援してやってください。

二〇一八年冬　　　　酒寄進一

アンドレアス・セシェ　(Andreas Séché)
1968年、ドイツのラーティンゲン生まれ。大学で政治学、法学、メディア学を学ぶ。ジャーナリストであり、新聞社で働いた経験がある。ミュンヘンの科学雑誌の編集者を数年間つとめた後、デュッセルドルフ近郊にある故郷へ戻り、パートナーと田舎に暮らしながら小説を書いている。日本を頻繁に旅行し、東京、京都、日本文化に魅了される。作品は本書のほかに、『囀(さえず)る魚』、『ナミコとささやき声』(ともに西村書店)がある。

酒寄 進一　(さかより・しんいち)
1958年茨城県生まれ。和光大学教授・ドイツ文学翻訳家。
主な訳書にシーラッハ『犯罪』『罪悪』『コリーニ事件』『禁忌』『カールの降誕祭』、ノイハウス『白雪姫には死んでもらう』、グルーバー『月の夜は暗く』、ギルバース『ゲルマニア』、マイヤー『魔人の地』、イーザウ『盗まれた記憶の博物館』、ヘッセ『デーミアン』、セシェ『囀る魚』など。

蟬《せみ》の交響詩
2018年1月22日　初版第1刷発行

著　者＊アンドレアス・セシェ
訳　者＊酒寄進一
発行者＊西村正徳
発行所＊西村書店 東京出版編集部
〒102-0071 東京都千代田区富士見2-4-6
TEL 03-3239-7671　FAX 03-3239-7622
www.nishimurashoten.co.jp

印刷・製本＊中央精版印刷株式会社

ISBN978-4-89013-784-8　C0097　NDC943

西村書店 図書案内

囀《さえず》る魚

A・セシェ［著］ 酒寄進一［訳］ 四六判・232頁 ●1500円

アテネ旧市街の古びた書店に迷い込んだヤニスは、神秘的な女主人リオに出会う。読む者を不思議な読後感に誘い込むエブリデイ・ファンタジー。哲学的かつ魔術的な本好きのための物語！

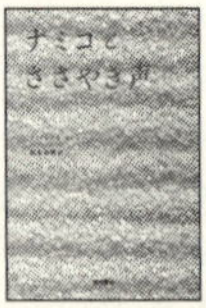

ナミコとささやき声

A・セシェ［著］ 松永美穂［訳］ 四六判・256頁 ●1500円

日本の庭園を取材するため、ドイツからやってきたぼくは、京都の禅寺でナミコに出会う。ぼくの人生に、ナミコは一つの謎という形で無言の挑戦とともにはいりこんできた。 繊細な感性で描かれた純度120％の恋愛小説。 語り部シャミ推薦！

ファング一家の奇想天外な謎めいた生活

K・ウィルソン［著］ 西田佳子［訳］ 四六判・400頁●1500円

いちばん身近で厄介な他人、それが家族！ パフォーマンス・アーティストの〝毒〟親、売れない作家の弟、ワケあり女優の姉、家族4人のハチャメチャ狂詩曲。全米ベストセラーのコメディ小説。

法医学教室のアリーチェ 残酷な偶然

A・ガッゾーラ［著］ 越前貴美子［訳］ 四六判・428頁●1500円

法医学研究所の研修医アリーチェが現場検証で見た死体は、偶然にも前日知り合った女性だった…。彼女の死の解明を軸に、仕事と恋に奮闘するアリーチェの姿を描く、ミステリー・ロマン第一弾！

スウェーデン発、映画化された大ベストセラー！

窓から逃げた100歳老人

J・ヨナソン［著］ 柳瀬尚紀［訳］ 四六判・416頁●1500円

100歳の誕生日に老人ホームからスリッパで逃げ出したアランの珍道中と100年の世界史が交差するアドベンチャー・コメディ。

◆2015年**本屋大賞** 翻訳小説部門 **第3位！**

鬼才ヨナソンが放つ個性的キャラクター満載の大活劇！

国を救った数学少女

J・ヨナソン［著］ 中村久里子［訳］ 四六判・488頁 ●1500円

余った爆弾は誰のもの――？ けなげな皮肉屋、天才数学少女ノンベコが、奇天烈な仲間といっしょにモサドやスウェーデン国王を巻きこんで大暴れ。爆笑コメディ第2弾！

◆2016年**本屋大賞** 翻訳小説部門 **第2位！**

天国に行きたかったヒットマン

J・ヨナソン［著］ 中村久里子［訳］ 四六判・312頁 ●1500円

ムショ帰りの殺し屋アンデシュは、女牧師、ホテルの受付係とつるんで暴力代行ビジネスでひと儲け！ ジェットコースター的展開の第3弾は、まさかのハートフル・コメディ⁉

価格表示はすべて本体〈税別〉です

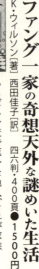

ナジルは言った。「密やかに、覆いに守られて自由は勝つ。なんとなれば、自由を抑圧する者は、自由を滅ぼすことはなく、むしろ人々の自由を欲する気持ちを強くするからだ」

シラケシュの言い伝えより